라스트 - 레터

라
스
트
ㅡ
레
터

Last Letter

이와이 슌지 지음
문승준 옮김

하빌리스

목차

미사키에게

이건 네 죽음에서 시작되는 이야기야.
네가 진정으로 사랑했을,
그리고 분명 너를 진정으로 사랑했을
네 주위 사람들의
여름 한때 이야기이기도 해.
천국으로 여행을 떠난
네 앞으로 보내는
나의 마지막 연애편지라 생각하고
읽어주면 고맙겠어.

네가 죽은 건 작년 7월 29일이었다.

　내가 너의 죽음을 알게 된 건 그로부터 3주 정도 지난 8월 23일이었다.

　네 여동생 유리에게서 네가 죽었다는 이야기를 들었던 순간에는 머릿속이 새하얗게 되어 아무것도 생각할 수 없었다. 솔직히 지금도 그 사실을 제대로 받아들이지 못했다. 그만큼이나 너의 죽음이 내게는 큰 충격이었다.

나는 충격에서 미처 헤어나지 못한 채 이 소설을 쓰기 시작했다. 소설을 다 쓸 무렵에는 마음이 조금이나마 평온해질까? 네 죽음을 받아들일 수 있게 될까?

네가 죽은 7월 29일, 나는 화물 밴 뒤에 비둘기 새장을 싣고 하루미 부두까지 가서 고베행 페리의 출항 기념식에 참가했다. 도쿄 미용사 협회에서 미용사들을 위한 위로회 명목으로 전세를 낸 페리였다. 이런 이벤트에는 관악대 연주와 비둘기가 준비되곤 하는데, 관악대의 연주와 페리의 출항에 맞추어 비둘기를 날리는 게 내 일이었다. 누구나 할 수 있는 쉬운 일. 새장을 열기만 하면 되니까. 갇혀 있던 100마리의 흰 비둘기가 일제히 날아올라 페리 주위를 한 바퀴 돌고 멀리 떠났다. 갑판에서 그 장면을 지켜보던 미용사들이 환호성을 질렀다. 나는 빈 새장을 다시 차에 싣고 이벤트 회사 담당자에게 인사를 한 다음 회사로 돌아왔다. 히가시나카노에 있는 작은 회사로 이름은 '도쿄 흰 비둘기파'. 3층짜리 건물의 옥상에 있는 사육장이 비둘기의 보금자리였다. 비둘기는 귀소 본능이 강하기 때문에 도쿄 23구뿐만 아니라 어디에서 날려도 반드시 그곳으로 돌아왔다.

도쿄 흰 비둘기파는 '하토 사부로(鳩三郎)'라 자칭하는 50년 경력의 사장이 운영하는 곳으로 정사원은 사장의 아들인 신, 그리고 경리인 마에하타 씨 둘뿐이었다. 신의

성이 기무라인 것으로 보아 하토 사부로가 사장의 본명은 아닐 것이다. 경리인 마에하타 씨는 사장의 처제. 나는 이런 가족 경영 회사에 고용되어 오랫동안 아르바이트 신세를 면치 못하고 있었다. 사장과는 대학을 졸업한 후 이벤트 회사에서 아르바이트를 할 때 처음 만났다. 일손이 부족하니 도와달라는 부탁을 받고 일주일에 몇 번인가 비둘기 사육장 청소 아르바이트를 했는데, 어쩌다 보니 전속 스태프처럼 되어버렸다. 사실 외부인을 만날 기회는 이벤트 회사 쪽이 훨씬 잦았다. 소설가는 작품을 읽고 서평을 써줄 유명인과의 인맥이 귀중하고 더군다나 비둘기에 전념해서 좋을 이유도 없지만, 매일 열심히 사는 비둘기의 모습을 보다 보니 점점 이 일에 빠지게 되었다. 숫자를 세어보면 모든 비둘기가 돌아오는 건 아니었다. 기운이 없어 보이던 녀석은 역시 무리였나 싶게 돌아오지 못했다. 그럴 때면 평소에 관리 좀 더 해줄걸, 하며 후회하게 된다. 원래부터 한 가지 일에 몰두하는 성격 탓인지 프로로서 비둘기를 날리는 이상 비둘기가 단련된 근육과 예쁘게 정돈된 날개로 힘차게 날도록 해주고 싶었다. 미라를 잡으러 갔다가 미라가 되었다는 속담과는 좀 다르려나……. 이럴 때 딱 맞는 속담이 뭐 없을까……. 오스카 와일드의 동화《행복한 왕자》에 나오는 제비 같은, 말하자면 의욕은 없지만 어쩌다 휘말리게 되었고 그만둘 이유도 찾지 못한 채 정신을 차려보니 그것이 인생의 최우선순위가 되어 있는 듯한 것이, 내게는 비둘기 사육장 일이라 할 수 있었다.

그런 일을 10년 정도 계속했지만 사장의 아들이 성장하고 그 또한 비둘기의 매력에 이끌려 부모의 가업을 이어받으니 나에 대한 수요가 격감했다. 호구지책으로 급히 이런저런 아르바이트를 했더니 이제는 또 이런저런 아르바이트가 현재의 내 직업이 되었다.

쓸데없는 사족이 길어졌는데 아무튼 그날, 7월 29일은 오랜만에 도쿄 흰 비둘기파의 의뢰를 받아 하루미 부두에 비둘기를 날리러 갔었다. 그날 도쿄는 태풍이 지나간 다음이라 쾌청했다. 하얀 비둘기들이 구름 한 점 없는 새파란 하늘로 날갯짓을 하며 날아갔다. 그때 일말의 예감은 없었을까. 등줄기에 어떤 감각이 느껴지지는 않았을까. 하다못해 미야자와 겐지가 여동생 도시코의 죽음을 애도한 시 한 구절이라도 뇌리를 스치지는 않았을까.

두 마리의 크고 흰 새가
날카롭고 구슬프게 교대로 울며
촉촉한 아침 햇살 속을 날고 있구나

만약 내가 그곳을 지나가던 사람이고 마침 그 비둘기

들을 보았다면 발걸음을 멈추고 기시감이라도 느꼈을지 모르겠지만, 안타깝게도 나는 비둘기 사육사였고 사무실로 돌아가면 비둘기에게 먹이를 주는 게 내 일이었다. 햇살 속을 날아가는 흰 비둘기들은 내가 보기엔 단순한 일상에 불과했다. 말하자면 그때 나는 아무런 예감도 느끼지 못했다.

그 새파란 하늘이야말로 네가 나에게 보내는 선물이었을지도 모른다. 되짚어보면 하늘이 오싹할 만큼 깊은 파랑이었다. 하늘은 역시 우주라는 사실을 떠올리게 할 정도로.

그날 도호쿠 지방은 하루미 부두의 쾌청한 하늘과는 반대로 태풍의 영향권에 놓여 세찬 비가 쏟아졌다. 나중에 유리에게 들은 이야기에 따르면 사람들이 거센 빗속에서 너를 찾으러 다녔다고 한다. 그날 저녁 무렵 가미가미네산의 잡목림 속에서 네가 발견되었다. 너는 벚나무 아래 누워 있었다. 여름의 왕벚나무가 짙은 녹색 잎을 넓게 펼친 채 비바람 속에서 너를 지키는 것처럼 보였다. 그랬음에도 네 몸은 비에 잔뜩 젖어서 유리가 너를 만졌을 때 얼음처럼 차가웠다.

날씨를 찾아보니 그 후 태풍이 북상해서 열대 저기압으로 변했고 미야기현 일대는 구름 한 점 없는 쾌청한 날씨로 바뀌었다. 그다음 날도 맑음. 하지만 그다음 날에 다시 날씨가 불안정해져 오후부터 큰비가 쏟아졌다.

8월 1일, 너의 고별식 날. 유리 말로는 친척과 관계자 몇 명만 모여 너를 추모했다고 한다. 교외 장례식장. 그 날 장례식은 단 한 건뿐이었다.

제단에 올릴 네 영정 사진은 젊었을 적 사진밖에 없었는데, 그 모습이 네 딸 아유미와 구분이 안 될 정도로 많이 닮았다. 참석자 가운데에는 아유미를 보고 네가 다시 살아 돌아온 게 아닌지 깜짝 놀란 사람까지 있었다. 그 정도로 너를 꼭 빼닮은 딸이었지만 그들이 놀란 이유에는 다른 사정이 있었다. 그곳에 모인 친척들 대다수가 네 아이들을 본 적이 없었기 때문이다.

본 적이 없었을 뿐만 아니라 자녀가 있었다는 사실조차 몰랐을 만큼 말 그대로 '숨겨진 아이들'이었다.

아유미와 에이토.

아유미는 고등학교 3학년, 에이토는 초등학교 5학년이었다.

외조부모와 함께 살았다고는 하나 엄마인 네가 아이들에게 둘도 없는 마음의 안식처였을 것이다. 그런 아이들에게 너의 죽음이 얼마나 충격이었을까. 장례식 내내 아들인 에이토는 기운 없이 휴대 전화만 만지작댔다. 딸인 아유미는 눈물 한 방울 흘리지 않으며 의젓하게 행동했지만 오히려 그 모습이 사람들의 마음을 더 아프게 했다.

유리의 딸 소요카가 아유미의 곁을 지켰다. 소요카는 중학교 3학년. 외동딸인 소요카는 평소에 아유미를 친언니처럼 따랐다.

화장은 장례식 당일 오전 중에 끝났다. 고별식에는 관이 아니라 유골함을 모시는 게 이 주변의 최근 풍습이었다. 분향을 하면 그걸로 끝이었다. 밤샘과 고별식의 차별화 혹은 간소화. 죽음을 추모하는 아주 짧은 시간조차 시대의 흐름에 깎여나가는 건가.

이후 일행은 근처 고급 식당으로 이동해 공양을 하는 연회를 가졌지만 유리네 가족은 일 때문에 한발 먼저 돌아가기로 했다. 아유미와 에이토도 함께 돌아가기로 해서 기시베노 집안의 차에 탔다. 공양을 위한 연회라고는 하나 술이 들어가면 웃음도 나오고 때와 장소에 어울리지 않는 농담도 나오게 된다. 그런 어른들의 모습을 아이들에게는 보여주고 싶지 않은 유리의 배려이기도 했다.

장례식장에서 너의 친정까지는 차로 10분도 채 걸리지 않았다. 운전은 유리의 남편 소지로가 했다.

밤이 오려면 시간이 남았지만 집 안은 어두웠다. 유리는 부엌에 들어가서 차를 끓여 소지로와 함께 잠시 쉬기로 했다. 에이토는 소파에서 휴대 전화 게임에 열중했다. 아이들 방에서는 소요카의 목소리가 들려왔다. 아유미와 뭔가 이야기를 나누던 것 같았는데, 소요카가 방에서 나오더니 테이블 위의 다과를 집어 들었다.

"손 씻었니?"

유리가 조건 반사처럼 딸에게 말했다.

아유미는 좀처럼 방에서 나오려 하지 않았다. 유리는 문득 신경이 쓰여서 방문을 열었다. 그 방은 한때 유리의 방이었다. 유리가 성인이 될 때까지 시간을 보낸 그리운 장소이기도 했다. 방 안은 생각했던 것보다 밝았다. 창밖을 보니 마침 바다 쪽 구름 사이로 햇빛이 들어오고 있었다. 아유미는 창가에 서서 그 거룩한 광경을 바라보고 있었다. 아니, 유리에게는 아유미가 무의식중에 그곳으로 이끌려가는 것처럼 보였다. 유리는 자신도 모르게 아유미를 뒤에서 세게 끌어안고 말았다. 그러다 아유미가 괴로워한다는 사실을 깨닫고 황급히 손을 풀었다.

"아, 미안, 미안."

텅 빈 표정의 아유미는 마음이 이곳에 없는 듯했다.

네가 두 아이를 데리고 나카타가이의 친정으로 돌아온 건 2년 전이었다. 이후 너는 정신적으로 불안정했다. 유리는 돌이켜 생각해보니 네가 마치 스스로를 책망하는 듯 보였다고 했다. 네가 줄곧 자책하며 살았다면 사는 동안 얼마나 괴로웠을까 생각하지 않고는 견딜 수 없었다.

유리가 너와 같이 썼던 2층 침대는 아이들 것이 되었다. 방구석에 깨끗하게 정리된 침구는 네가 사용하던 것이었다. 너는 요 몇 년 동안 병세가 좋지 않아 방 안에 틀어박혀 살았지만, 최근에는 꽤 좋아져서 이 방에 이불을 깔고 아이들과 오붓한 시간도 보냈다. 마지막 밤에도 분명 두 아이들이 곤히 자는 숨결을 들었을 텐데.

'왜 이 아이들을 놔두고 먼저 떠난 거야?'

유리는 원통한 마음에 입술을 깨물었다.

이불 옆에는 아이들의 책상이 있고, 책상 위에는 네 유골함과 영정과 꽃이 어울리지 않게 놓여 있었다. 유리는 유골함과 영정을 부모님 침실에 있는 불단에 두어야 하지 않을까 싶었지만, 애당초 그것들을 여기에 둔 게 누구인지 생각하면 막 옮겨서는 안 될 것 같았다. 유골함은 아유미가, 영정은 에이토가 들고 있었다. 두 사람이 이곳에 놓았다면 자신들 곁에 두고 싶었기 때문일지도 모른다. 역시나 함부로 옮길 수 없었다.

"이거, 어쩔 거니? 책상 위에 둘 수는 없잖아."

다소 명령조로 말하고 말았지만, 아유미는 아무런 반응도 보이지 않은 채 그저 영정 사진에 시선이 꽂혀 있었다. 마치 이런 때 그런 사소한 걸 신경 쓰는 게 이상하다며 비난하는 듯했다. '미안하구나. 어른이란 그런 사소한 것만 신경 쓰는 생물이거든.' 유리는 이런 생각을 하며 유골함이며 영정, 꽃을 어디에 둘지 고민했다. 어디 좋은 곳이 없을까, 하며 집 안을 둘러보니 불단 옆에 오봉(우란분,

우리나라 추석과 비슷한 명절로 양력 8월 15일에 지낸다 – 옮긴
이) 장식품을 두는 자리가 있었다. 동물처럼 장식한 오이
나 가지를 불단의 빈 곳으로 옮긴 다음 그것들을 받쳤던
받침대를 들고 애들 방으로 돌아가려고 하는데 아유미가
무슨 바람이 불었는지 유골함을 들고 '안쪽 방'으로 들어
갔다. 네가 병세가 심할 때 쓰던 방이었다.

"거기에 둘래?"

유리의 질문에 아유미가 가볍게 고개를 끄덕였다. 마
침 받침대가 방구석에 딱 맞게 들어가기에 흰 천을 깔고
유골함과 영정을 놓으니 나름 괜찮아 보였다. 아유미가
그곳을 꽃으로 장식하고 유리는 불단에서 이것저것 가져
와 제단에 늘어놓았다.

초를 밝히니 급조한 것치고 썩 훌륭한 제단이 완성되
었다. 향로 옆에 어느 틈엔가 한 통의 하얀 봉투가 놓여
있었다. 아유미가 놓아두었을 것이다. 유리는 그게 무엇
인지 알고 있었다.

너의 유서.

봉투 앞면에는 '아유미, 에이토에게', 그리고 뒷면에는
'엄마가'라고 적혀 있었다. 봉투는 아직 뜯지 않은 채였
다. 어떤 말이 적혀 있을지 유리는 신경이 쓰였지만 아
유미가 뜯어볼 마음이 들 때까지 기다려야 한다고 생각
했다.

유리는 아유미와 함께 제단에 향을 올리고 합장했다. 합장할 때 울린 경쇠 소리와 향냄새에 이끌려 소요카도 모습을 드러냈다.

"언니랑 정말로 똑같아. 쌍둥이같이."

영정 사진을 보며 소요카가 중얼거렸다.

"……마치 환생한 것 같아."

소요카가 말하며 작은 제단에 향을 올렸다.

유리는 아유미와 에이토를 데리고 온 것까지는 좋았는데, 이대로 둘만 남겨두고 돌아가는 게 마음에 걸렸다. 부모님도 뒤풀이 탓에 늦게 돌아올 거라 어떻게 해야 좋을지 난감해하는데 소요카가 예상치 못한 제안을 했다.

"아유미 언니가 걱정돼서 곁에 있어주고 싶어. 여름 방학이 끝날 때까지만이라도 여기 있으면 안 될까?"

유리는 기쁜 마음에 미소를 지었다. 딸인 소요카가 어른스런 생각을 한 게 대견했다. 아유미도 소요카가 함께 있었으면 좋겠다기에 그렇게 하기로 했다. 그러자 에이토가 "그렇다면 나는 이모 집에 있을래."라고 말했다.

"왜? 내가 싫어?"

"귀찮고 시끄럽고 여자 냄새나."

에이토의 대답은 신랄했다. 에이토의 말에 소요카는 크게 화를 냈다. 결국 소요카는 아유미와 함께 여기에 남고, 에이토는 유리네 집에서 남은 여름 방학을 보내기로 했다.

집을 나설 때 아유미가 봉투 하나를 가져왔다. 유리는 처음에 네 유서인 줄 알고 숨을 삼켰다. 받아보니 봉투는 이미 개봉된 상태였고, 앞면에는 '도노 미사키 귀하', 뒷면에는 모르는 사람의 이름과 함께 나카타가이중학교 졸업생이라는 글자가 보였다. 내용물을 꺼내보았다.

"동창회 안내장이구나."

"네."

유리와 아유미는 작은 카드를 바라보았다. 나카타가이중학교 1988년 졸업생의 졸업 30주년을 기념하는 동창회였다. 안내장에는 개최 일시와 장소가 적혀 있었다.

다음 일요일이었다.

"설마, 언니가 여기 가고 싶지 않아서?"

농담으로 한 말이었지만 아유미는 아무 반응이 없었다. 엄마의 죽음을 농담거리로 삼아서 상처받은 걸까. 내가 좀 심했나. 유리는 쓸데없는 말을 한 것 같아 후회가 되었다. 건드리면 터질 듯한, 혹은 섬세한 유리 세공 작품을 만지는 듯한 불편함을 느끼면서 한 걸음 더 들어서지 못하는 자신이 한심했다.

유리는 소요카에게 아유미를 맡기고 차 뒷좌석에 에이토를 태워 소지로와 함께 나카타가이의 친정을 떠났다.

돌아오는 차 안에서 에이토에게 누나와 헤어져서 쓸쓸

하지 않느냐고 물었다.

"전혀. 거긴 와이파이도 잘 안 잡히고."

에이토의 거리낌 없는 대답에 유리는 오히려 걱정이 되었다. 에이토는 어쩌면 엄마의 죽음을 실감하지 못한 채 이 세상에 없는 엄마의 숨결이 느껴지는 집에 있기 싫었던 걸지도 모른다.

유리의 집은 이즈미구에 있었다. 센다이시 이즈미구. 나와는 전혀 인연이 없는 고급 주택가로 북유럽 도시를 방불케 하는 아주 예쁜 베드타운이었다.

나카타가이에서 차로 한 시간도 걸리지 않는 길이었지만, 도중에 이즈미 중앙역에 들러 역 건물 레스토랑에서 밥을 먹고 쇼핑을 하느라 집에 도착했을 때는 밤 9시가 넘었다.

현관 앞에서 유리가 에이토에게 소금을 뿌리자 에이토는 그런 일이 처음이었는지 "우왓!" 하며 뒷걸음질했다.

"이게 뭐야?"

"몸을 정화하는 소금이야. 장례식 후에는 이상한 혼령이 붙을지도 모르기 때문에 소금으로 떼어내는 거야."

그 말을 듣고 뭔가 생각하는 바가 있는 듯했지만 끝내 말하지는 않았다. 엄마가 따라온 거라면 떼어내고 싶지 않았을 텐데. 제대로 설명을 못했다는 사실에 유리는 가슴이 아팠다. 에이토는 밝게 행동하고는 있지만, 엄마가 죽은 지 아직 사흘밖에 지나지 않았다.

소요카의 방을 쓰라고 하니 에이토가 얼굴을 찡그리며 대놓고 싫은 기색을 비쳤다.

"싫어! 여자 냄새난다고! 여기 혹시 손님방 같은 거 없어?"

"내 서재는 어때? 접이식 침대도 있는데."

소지로가 제안했지만 에이토는 "손님방! 손님방!" 하며 말을 들으려 하지 않았다. 하지만 이내 졸음이 몰려왔는지 멋대로 소지로의 서재 소파에 누워 잠이 들어버렸다. 펼치면 침대가 되는 소파였지만 작은 에이토의 몸에는 그대로도 충분히 침대가 되었다.

"엄마가 죽었는데 의외로 그대로네."

남편 소지로의 감상이었다.

"그러게."

"그대로라서 다행이야. 저 나이에 엄마의 죽음을 겪는다는 건 보통 일이 아닌데."

"워낙에 평범하지 않았잖아. 제 나름대로 고생이 많았으니까."

그 작은 몸으로 지금까지 겪었을 일을 생각하니 더 가슴이 아렸다.

"소요카는 괜찮을까?"

유리는 문득 걱정이 되어 소요카에게 문자를 보냈다.

바로 답장이 왔다.

"괜찮아. 걱정 마."

환경이 바뀌면 그것만으로도 기쁘고, 즐겁고, 두근거린다. 특히 어릴 때는 더욱 그런 법이다. 소요카도 갑자기 닥친 합숙 생활에 피가 끓었다. 외조부모님이 돌아올 때까지 집 안에 소요카와 아유미 둘밖에 없다는 사실만으로도 즐거웠다. 설날과 오봉 때 부모님과 함께 인사드리러 오는 집에 불과했던 공간에 아유미와 둘이서만 있었던 것이다. 소요카는 자유롭게 냉장고를 열거나 텔레비전 채널을 돌렸다. 어째서인지 그것만으로도 아드레날린이 솟았다. 저녁밥하는 걸 도우면서 아유미의 요리 실력에 혼자 흥분해서는 동영상까지 촬영해 인스타그램에 올렸다.

"양배추를 써는 속도가 프로급!"

유리도 비슷한 정도의 속도였을지 모르지만, 고작 세 살밖에 차이가 나지 않는 아유미가 이런 속도라는 사실이 소요카에게는 문화 충격이었다. 그날의 저녁 메뉴는 샐러드에 데친 나물에 고기 감자. 어른들이나 만들 수 있는 '진짜 반찬'이었다. 소요카는 이 사진도 찍어 인스타그램에 올렸다.

목욕을 하고 나오니 세면실에 잠옷과 쓰던 칫솔이 놓여 있었다. 아유미가 준비해준 것이었다. 소요카는 또다시 휴대 전화로 이 '숙박 세트'를 찍고 짧은 메시지를 첨부해서 인스타그램에 올렸다.

"외박!"

뒤풀이에서 돌아온 네 부모님은 에이토가 사라지고 대신 소요카가 있다는 사실에 놀랐지만 기꺼이 환영해 주었다.

"갈아입을 옷 같은 건?"

"그러고 보니 아무것도 안 가져왔네! 여름 방학 숙제도!"

소요카는 그제야 여러 사실들을 깨달았다. 유리는 소요카가 머리보다 몸이 먼저 반응하는 타입이라고 했는데, 그런 성질은 제 엄마에게 물려받은 모양이다. 예전의 유리 또한 너에게 이러저런 잔소리를 들었으니 말이다.

소요카는 아유미가 목욕하러 간 틈을 타서 외할머니인 준코에게 말했다.

"아유미 언니는 일을 엄청 잘해요."

"그럼. 얼마나 도움이 된다고."

"나는 절대 못할 것 같아."

"그런 말 말고 언니에게 제대로 배워서 돌아가렴. 그럼 엄마, 아빠도 좋아할 거야."

"에이, 싫어요. 외할머니야말로 아유미 언니를 너무 부려 먹는 거 아니에요?"

"무슨 소리야. 아유미가 어렸을 때 고생을 얼마나 많이 했는데."

갑자기 외할머니의 표정이 어두워졌다. 소요카는 금기의 영역을 건드렸다는 생각이 들었다.

아이들 방에는 2층 침대가 있었다. 소요카는 에이토의 자리인 위쪽 자리를 빌렸다. 아래는 아유미의 자리였다. 방구석에 깨끗하게 정리된 침구 한 세트가 소요카의 눈에 들어왔다.

아유미의 엄마가 쓰던 것이었다.

불을 껐는데 침구가 달빛을 받아 어둠 속에서 어슴푸레 빛났다. 아래 침대에서 자고 있는 아유미의 심정이 어떨지 생각하니 소요카의 가슴이 아렸다. 그러다 그 침구에서 큰이모가 자던 모습을 떠올리니 이번에는 무서워서 잠이 오지 않았다. 다행이라 해야 할지 애는 애였다. 소요카는 자기도 모르는 새 잠이 들었다. 하루 종일 익숙하지 않은 장례식을 겪은 피로감도 한몫했을 것이다.

다음 날 아침 눈을 뜨니 침대에 아유미의 모습은 보이지 않고 아침밥을 준비하는 냄새가 났다. 부엌에서 아유미가 외할머니와 아침 준비를 하고 있었다. 외할아버지는 거실에서 라디오를 듣고 있었다.

"안녕히 주무셨어요."

쭈뼛거리며 인사하자 "잘 잤니?" 하며 외할머니가 큰

소리로 대답했다. 아유미는 세면실로 향하는 소요카 뒤를 따라와 장에서 수건을 꺼내주었다.

세수를 하고 이를 닦고 돌아오니 제단에서 향 연기가 희미하게 피어오르는 게 보였다.

"저도 향을 올려도 될까요?"

"물론이지. 그렇게 하렴."

소요카가 향에 불을 붙이고 합장을 했다. 눈을 감고 눈꺼풀 안쪽의 어둠과 마주하니 왠지 자기 마음속을 누군가가 엿보는 듯한 느낌이 들었다. 눈을 뜨니 뒤에 아유미가 있었다. 정식으로 무릎을 꿇고 향을 올리는 소요카를 고마운 듯이 지켜보고 있었다.

아침밥을 먹고 산책을 하는 게 외조부모님의 일상이었다. 여름 방학 동안에는 아유미도 함께했다. 이번에는 소요카도 같이 가게 되어 외할아버지인 고키치의 부축을 하겠다고 나섰다. 소요카는 아유미 곁에 있어주고 싶다고 말을 꺼냈음에도 아직까지 아무런 도움도 되지 못하는 자신이 성에 차지 않았다. 외할아버지를 현관까지 모시고 가서 신을 신기고 지팡이를 쥐여드렸다. 외할아버지는 지팡이로 높이를 확인하며 한 걸음씩 천천히 걸었다. 이런 상태의 외할아버지와 함께 나가면 거북이가 걸어가는 듯한 속도로 산책을 하는 수밖에 없었다. 성미가 급한 소요카는 애가 타고 답답했다.

준코가 말했다.

"저쪽 빨간 다리를 찍고 돌아오면 집까지 딱 만 보야. 이게 우리 집의 아침 일과란다."

"좋겠다. 우리 집은 산책 같은 거 같이 안 하거든요. 도시락 들고 오면 소풍이나 다름없잖아요."

"아침에 소풍 같은 걸 할 짬이 어디 있니."

준코는 생각한 걸 모두 말로 뱉어내는 성격이다. 손녀의 순수한 말에도 가차 없었다.

소요카는 고키치와 커플처럼 팔짱을 끼고 거북이 같은 속도로 걸었다. 그 앞을 준코와 아유미가 속도를 맞추어 걸었다.

"아, 맹도견을 기르는 건 어때요? 할머니! 왜 안 길러요?"

소요카의 말에 준코가 얼굴을 찌푸리며 대답했다.

"돌보는 건 누가 할 건데? 내 몫이 되겠지."

"돌보는 건 제가 할게요." 아유미의 말에 "저도!" 하며 소요카도 따라 말했다.

"그렇게 말하곤 아무도 돌보지 않을 게 뻔해. 결국 내 일이 되지. 세상은 그런 식으로 돌아가는 법이야."

준코가 갑자기 신세 한탄을 했다. 아직 일어나지도 않은 일로 한숨짓는 모습에 소요카는 어이가 없었다.

"어른들은 다 왜 그래요? 어른들은 경험이 많아서 그

런지 지레짐작부터 하고 말이야. 그러고는 세상을 한탄하고. 어차피 한탄할 거라면 지레짐작 따위 안 하는 게 좋잖아요?"

"그래. 네 말이 맞구나."

"외할아버지는 아무 생각도 안 하는 것 같아서 좋아요."

"아니. 생각하고 있단다."

"어떤 걸?"

"글쎄 모르겠다."

빨간 다리에 도착해 자동판매기에서 음료수를 뽑았다. 익숙하지 않은 걸음걸이로 익숙하지 않은 거리를 걸은 소요카가 가장 많이 지쳐 있었다. 가장 어린데도 아유미는커녕 두 노인보다 지쳐버린 자신에게 화가 나서 그런 자신의 모습을 찍고는 인스타그램에 올렸다. 하지만 어린 덕인지 회복은 빨랐다. 어느새 소요카의 모습은 강변에 있었다. 냇물에 발을 담그고 차갑다고 소리를 지르는 중이었다. 준코는 그런 두 사람의 모습에 지난날 두 딸이 겹쳐 보였다. 실로 두 아이는 각각 제 엄마와 많이 닮았다.

말 많은 외할머니도 네 이야기를 손주들에게 하지는 않았다. 그만큼 큰일이었고 어려운 문제라는 사실을 소요카도 어렴풋이 느꼈다.

다음 날에는 유리가 보낸 옷, 교재 등이 택배로 도착했다. 소요카에게 아유미, 그리고 외조부모와 지내는 여름 방학이 막 시작되었다. 소요카는 아무에게도 말하지 않은 본심을 가슴속에 숨긴 채 묘한 죄악감을 가지고 여름을 나게 되었다.

유리가 아유미에게서 동창회 안내장을 받았을 때 봉투 뒷면에 '모르는 사람 이름'을 보았다고 했지만, 그건 오사다 히로키였음이 틀림없다. 내가 받은 봉투 뒤에 동창회 간사 대표인 그의 이름이 적혀 있었기 때문이다. 그는 나와 같은 3학년 2반이었다. 눈에 띄거나 특별한 인상을 주지 않은 학생이었지만, 기억해보니 스포츠 중계라는 묘한 특기가 있었다. 프로 야구, 고교 야구, 스모 같은 스포츠 중계방송을 정말 능숙하게 흉내 냄으로써 친구들을 웃게 만든 기억이 났다. 왜 그런 것에 관심을 가졌는지는 알 수 없었다. 하지만 그는 자신의 호기심을 관철해서 지역 방송국 아나운서를 거쳐 몇 년 전에 프리랜서가 되더니 〈숲의 도시의 산책길〉이라는 지역 산책 방송으로 큰 인기를 끌었다. 이를 계기로 동창생들에게서 끊임없이 연락을 받았고 그러다 보니 동창회까지 추진하게 된 것이다.

이런 이유로 동창회의 간사 대표도 맡게 되었는데, 어디까지나 명예직 같은 것이었으며 실제로 준비하느라 열심히 애쓴 사람은 4반의 오가와 고지와 3반의 다나베 미치루 둘이었다,라고 오가와 고지가 자기 입으로 자랑스럽게 말했다. 원래라면 학생회장이었던 네가 간사를 맡아야 했겠지만 네가 계속 행방불명 상태라 연락할 수 없었다고 오가와가 중얼거렸다. 그들은 너를 '행방불명자' 취급했다. 너뿐만 아니라 요코이 쇼타도 이타바시 유코도 다카하시 마사카쓰도 행방불명자 취급했다.

나도 여동생이 동창회 안내장을 전해주지 않았다면 자칫 행방불명 신세가 될 뻔했다. 여동생은 결혼해서 두 아이를 둔 엄마다. 이따금 도쿄 쪽에 올 기회가 있으면 지역 특산물을 들고 찾아와주는 건 기쁘지만, 그럴 때마다 이제는 꿈 좀 포기하고 제대로 된 일을 하라고 잔소리를 했다. 나는 '제대로 된' 비둘기 사육사 일을 하고 있다고 대답했지만, 비둘기 사육사를 할 거라면 정식으로 하라며 이 나이 먹도록 아르바이트만 하고 있으니 노후가 걱정스럽다는 지당하신 말씀을 하도 해서 귀가 아플 정도였다.

"언젠가 성공해서 다시 책이 출간된다 하더라도 그다음은 어쩔 건데? 무라카미 하루키나 히가시노 게이고처럼 재밌는 것들을 계속 쓸 수 있겠어?"

만날 때마다 그런 이야기를 하니 만나지 않는 편이 더 고맙겠는데 8월 초에 상경한다고 연락이 왔다. 여름 방학이라 아이들이 디즈니랜드에 가고 싶어 해서 가기 전에 우리 집에 들르겠다는 내용의 라인 메시지가 들어와 있었다.

그렇다면 저녁밥을 대접하겠다며 고엔 지역 근처의 패밀리 레스토랑 지도를 보냈는데 여동생은 약속 두 시간쯤 전에 집으로 직접 들이닥쳤다. 좀 일찍 도착한 탓에 애들은 식당에 있으라고 했단다. 여동생은 어질러진 집을 청소해주며 청소 좀 자주 해라, 쓰레기는 제때 밖에 내놔라, 하는 잔소리를 시작했다. 어렸을 적에는 내성적인 성격에 내 꽁무니만 쫓아다니던 여동생이다. 나를 남에게 자랑하는 게 보람이던 아이였는데, 그런 동생에게 지금의 나는 폐인처럼 한심하게 느껴졌던 것이다.

레스토랑에 도착하니 이번에는 조카 남매가 왜 이렇게 늦었냐며 투덜댔다. 지금까지 뭐 했냐, 그냥 집에 가고 싶다, 인터넷 리뷰를 보니 이 가게는 별 두 개짜리다 등등.

모든 건 내가 칠칠치 못해서 벌어진 일이다. 두 녀석이 너무 심하게 떼를 써서 주위의 시선이 우리 쪽을 향할 때마다 가슴이 쪼그라드는 듯했다. 모두가 나를 이 아이들의 아버지로 착각했음이 틀림없다. 그 사실이 왠지 괴로워 그만 돌아가고 싶다는 충동에 휩싸였을 때 동생이 생각났다는 듯 가방에서 꺼낸 게 바로 동창회 안내장이었다. 더구나 날짜를 확인하니 내일 밤이 아닌가. 모임 장소는 센다이역 앞의 호텔이었다.

"우와, 나카타가이중학교 동창회라니. 그립다."

여동생 앞에서는 그딴 말을 했지만 속으로는 동요를 감추지 못했다.

너는 어떻게 할까. 과연 너는 올까.

그러자 네 생각만 나기 시작했다. 조카들의 불평도, 기대하고 있다는 디즈니랜드의 놀이 기구 이야기도 귀에 들어오지 않았다. 여동생 가족과 어떻게 헤어졌는지조차 잘 기억나지 않을 정도였다. 정말 한심한 오빠이고 외삼촌이다. 그리고 한심한 중년이다. 내 속이 그런 줄은 털끝만치도 모르는 그들과 개찰구 앞에서 손을 흔들며 헤어진 뒤 집으로 돌아오는 길에 동창회에 참석해야 할지 말지 고민했다. 가지 않는 건 간단한 일이었다. 네가 올 것 같지도 않았다. 그러나 만에 하나 네가 온다면. 그곳에 네가 있다면. 그렇게 생각하니 가슴 안쪽이 근질거렸다. 그로부터 24년. 모든 건 오랜 옛날의 일이다. 서로 꿈을 꾸던 시절은 이미 오래전에 지나갔고 당시의 일도 이제는 그리운 추억일 뿐이다. 아직도 너를 사랑하고 있다는 그런 이야기가 아니다. 상심 또한 오래전에 치유되었다. 하지만 안타깝게도 네가 건 마법이 아직도 풀리지 않았다. 너를 만난다면 과연 너는 네가 나에게 건 이 마법을 풀어줄까? 아니다. 너는 아무것도 하지 않아도 된다. 그저 24년 만에 너를 만남으로써 내 스스로 결판을 낼 수 있지 않을까 생각했다.

너를 만나서 아직 꺼지지 않은 내 꿈의 불씨를 끄자.

소설가를 그만두자.

그렇게 생각하니 뭔가 정리되는 느낌이 들었다. 그리고 왠지 결판을 낼 수 있을 것 같은 생각이 들었다.

그곳에 네가 있다면 소설가를 그만두자. 반대로 네가 없으면 소설가를 계속해야 할까? 아니, 그때는 직접 너를 찾고 한 번만이라도 네 모습을 보게 되면 그만두자. 그렇게 다짐했다.

8월 5일 일요일 도쿄역에서 오후 2시 20분에 출발하는 신칸센 하야부사 25호를 탔더니 3시 52분에 목적지에 도착했다. 고작 한 시간 반 만에 센다이역. 시간이 조금 남기에 역 앞 비즈니스호텔에 체크인을 하고 오랜만에 아오바 거리와 1번가 일대를 걸었다. 고등학생 때 자주 가던 카페를 찾아갔지만 그 카페는 사라지고 없었다. 근처에 요즘 스타일의 카페가 생겼기에 거기 들어가서 시간을 때웠다.

5시가 가까워져서 카페를 나와 모임 장소인 아오바 거리의 센트럴 호텔로 향했다. 고등학생 때까지밖에 이곳에 살지 않았던 내게 역 앞에 늘어선 호텔은 무엇 하나 인연이 없는 시설이었다. 뭔가 다른 지역의 호텔에 들어가는 듯한 기분으로 입구를 통과했다. 2층 연회장이 목적지였다. 접수처에는 중년 남성과 여성이 앉아 있었다. 내가 이름을 밝히려 하자 두 사람은 맞혀볼 테니 잠깐 기다리라고 한 뒤 내 얼굴을 찬찬히 살핀 다음 쉽게 정답을 맞혔다. 그러고선 자기들이 누구인지 아느냐고 묻기에 빤히 얼굴을 바라보았지만 전혀 기억이 나지 않아 곤란했다. 한참을 보고 있으니 차츰 기억이 되살아났다. 둘 다 본 적이 있는 얼굴이었다. 다만 얼굴은 알겠는데 이름이 기억나지 않아 결국 정답에 이르지 못했다. 두 사람은 스스로 이름을 밝혔다. 한 명은 3반의 다나베 미치루고, 다른 한 명은 4반의 오가와 고지였다. 오가와 고지는 그때보다 40킬로그램이나 더 쪘다고 했는데 웃을 때 보이는 삐뚤삐뚤한 치열과 눈매는 확실히 옛날 그대로였다. 다나베 미치루는 화장이 짙어서 예전 얼굴과 잘 매치되지 않았다.

연회장으로 들어가니 이미 와 있던 동창생들이 차례차례 말을 걸었다. 다들 생김새가 상당히 변했기 때문에 누가 누구인지 바로 알아보기 힘들었다. 그렇지만 한 명 한 명의 얼굴을 유심히 보고 있자니 뇌가 점차 적응한 건지 얼굴을 알아볼 수 있었다. 한번 그 사람이라고 인식하니 희한하게도 그 사람으로밖에 보이지 않았다. 머리가 벗겨져도, 살이 쪄도, 화장이 진해도 차츰 학창 시절의 모습이 겹쳐 보였다. 그렇게 되니 10대 때와 변함 없는 그 사람이 거기에 있는 것 같았다. "변한 게 하나도 없구나. 교복을 입어도 될 것 같아."라는 식의 바보 같은 말을 주고받고 있으니 왠지 그 말이 사실인 것처럼 느껴졌다.

"여, 오토사카! 오랜만이다! 나 기억해?"

누구인지 바로 알았다. 축구부 주장 야에가시 게이지였다. 학창 시절에 그나마 가장 사이가 좋았던 친구였다. 게다가 그는 나를 아주 친한 친구로 생각했던 듯도 하다. 하지만 나라는 인간은 그 정도로 그를 소중하게 생각하지 않았을 것이다. 그 무렵의 나는 그곳에 마음이 없었다. 오직 네 모습만 좇을 뿐이었다. 동창회 날 또한 그때와 마찬가지로 야에가시의 추억담에 귀 기울이지 않은 채 네 모습만 줄곧 찾았다.

갑자기 뒤쪽에서 누군가가 "미사키!" 하며 네 이름을 부르는 목소리가 들려서 나는 숨을 삼켰다. 그렇지만 호흡을 가다듬고 태연한 척하며 천천히 돌아본 곳에 너의 모습은 없었다. 거기에 있던 건 네 여동생인 유리였다. 왜 유리가 여기 있는 걸까. 하지만 이상할 건 없었다. 대학에 입학해서 홀로 고향을 떠나는 날에 나를 플랫폼까지 배웅하러 와준 것도 네가 아니라 유리였으니.

그녀는 나를 알아보고 순간 내 쪽을 보았지만 주변에 있던 여자들이 말을 걸어서 다시 그 여자들 쪽으로 향하고 말았다. 놀랍게도 주변에 있던 여자들이 그녀를 "미사키! 미사키!" 하고 불렀다. 대체 왜 착각하는 거지. 유리는 다소 곤란한 듯한 얼굴로 맞장구를 쳐주었다. 이건 또 무슨 상황인 걸까. 나는 물어보고 싶어서 입이 근질근질했지만 다른 동창생들이 그녀를 둘러싸버려서 주저했다. 그러는 와중에 사회를 맡은 오사다 히로키가 마이크 앞에 섰고 연회장은 박수 소리에 휩싸였다. 오사다 히로키는 아나운서 특유의 청량한 목소리로 개회 인사를 했다.

"여러분, 정말 오랜만에 뵙습니다. 3학년 2반 오사다 히로키입니다. 재학 중에는 신세를 많이 졌습니다. 이렇게 여러분들의 반가운 얼굴을 보게 되니 갑자기 이곳이 나카타가이중학교 체육관처럼 보이는군요……."

혼자 15분쯤 말을 했을까. 역시나 유명인이자 동창생의 자랑다웠다. 그대로 두 시간 넘게 계속 말했어도 누구하나 불평하지 않았을 것이다. 그곳에 있는 건 동창생이라기보다 센다이 주민이라면 모르는 사람 하나 없는 호감도 1위의 오사다 아나운서였다. 그 오사다 아나운서는 긴 인사를 끝내고 마이크를 당시 교장 선생님에게 넘겼다. 10년 전에 퇴직해서 은퇴 생활을 보내고 있다는 교장 선생님의 연설은 틀니 탓에 무슨 말인지 알아듣기 힘들었다. 건배사는 당시 교감 선생님이 맡았다. 그 옛날부터 숱이 적었던 머리는 거의 남아 있지 않았고, 큰 병이라도 앓은 건지 목소리에서도 전과 같은 탄력이 느껴지지 않았다. 우리 학년 여섯 반의 담임 선생님들도 모두 모였는데, 다들 초로의 영역에 도달해 있었다.

건배가 끝나니 박수와 동시에 경쾌한 음악이 흘렀다. 여기저기서 웃음소리가 들렸다. 아마 〈숲의 도시의 산책길〉의 테마곡인 모양이다. 그에 맞추어 오사다 아나운서가 다시 마이크 앞에 서서 갑자기 예능 사회자 같은 분위기로 이야기를 시작했다.

"네, 이제 분위기를 끌어올려봅시다! 여러 친구들에게 이야기를 들어보면 어떨까요. 첫 번째 주자는 나카타가이중학교 제64회 학생회자아아앙, 도노! 미- 사키-!"

엄청난 박수갈채와 함께 스포트라이트가 한 여자를 비

추었다. 유리였다. 다들 유리의 실체를 알면서도 일부러 그러나 싶었다. 누구 하나 유리를 너로 믿어 의심치 않는 듯했다. 유리는 곤란하다는 표정으로 박수갈채에 떠밀려 마이크 앞에 섰다.

"여러분, 오랜만입니다. 그게…… 중학교 때는 제게도 잊을 수 없는 추억이 많았는데, 그러니까…… 이렇게 마이크 앞에 서서 많은 사람들 앞에서 이야기하는 건 중학교 이래 처음인 것 같네요. 오늘은…… 부디…… 즐겁게 보내시길 바라겠습니다."

네가 아니라는 사실을 자백하나 했더니 유리는 너를 연기하며 짧게 한마디했다. 그러나 역시 무모한 도전이었다. 유리는 너무나도 위태로워 보였고 동요하는 기색을 감추지 못했다. 말을 끝내자마자 마이크 앞에서 도망치듯이 동창생들 무리 속으로 들어갔지만 오사다 아나운서는 이를 놓치지 않았다.

"잠깐 잠깐 잠깐! 학생회장! 질문 좀 합시다!"

유리는 손사래를 치며 거절했다.

"아이구야. 그렇다면 하다못해 제 선물이라도 받아주세요. 오늘은 학생회장을 위해 특별히 선물까지 준비했거든요. 부디 받아주기 바랍니다!"

오사다 아나운서는 작은 쇼핑백을 높이 들어 올리며 유리에게 다시 돌아오라고 재촉했다. 유리는 어쩔 수 없이 오사다 아나운서 앞으로 가서 쇼핑백을 받아 들었다.

"자, 안에 뭐가 들어 있나요?"

유리는 쇼핑백에 손을 넣어 안에 든 걸 꺼냈다. 흰 마스크였다. 순간 내 안에 작은 통증과도 같은 감정이 일었다.

"기억하시나요? 3학년 때 학교에서 대유행했던 철 지난 독감의 감염원이 당신이라는 소문이 있었습니다. 미사키 씨는 그걸 증명하듯이 몇 달 동안 마스크를 쓰고 생활했죠. 그런 소문이 있었다는 건 기억하세요?"

유리가 세차게 고개를 저었다.

"독감을 옮으려고 당신 주변을 어슬렁거렸던 한심한 남학생들까지 있었다는 것도 모르시나요?"

유리는 다시 세차게 고개를 양옆으로 저었다.

"그런 일들도 있었습니다, 학생회장. 그런 추억의 마스크를 남자들 앞에서 꼭 한번 써주셨으면 하는데 어떤가요. 다들 어떻습니까?"

연회장에 박수와 야유가 뒤섞였다. 오사다 아나운서가 말을 이었다.

"아쉽게도 이 마스크는 그 당시 것과 같은 건 아닙니다. 아까 역 앞 약국에서 산 건데 이 점 양해 바랍니다. 그럼 학생회장, 부탁드립니다!"

유리는 어쩔 수 없이 마스크를 썼다. 순간 유리가 나를 보았다. 내 시선은 아까부터 유리를 향해 있었기 때문에 필연적으로 눈이 마주칠 수밖에 없었다. 유리는 그때 무슨 생각을 했을까. 적어도 나는 너와 유리와 나만이 알고 있는 추억의 장면을 떠올렸다. 어쩌면 유리도 같은 장면을 떠올렸을지 모른다. 잠시 옛 추억에 마음을 빼앗겼을 때 갑자기 오사다 아나운서의 화살이 나를 향했다.

"그렇다면 다음은 이 남자! 전학 오자마자 축구부 주전! 전국 대회 출전의 공로자이자 여학생들의 슈퍼 아이돌, 바로 오토사카 교시로!"

눈부신 스포트라이트가 나를 향하고 박수와 함께 모두의 시선이 집중되었다. 어쩔 수 없이 마이크 앞에 서기는 했지만 "중학교 때 경력 같은 건 이제 상관없잖아!"라든가, "과거의 영광보다 지금이 중요한 거 아닌가?"라든가 하는 야유 같은 잡담이 귀에 들어와 마음이 무너져 내리는 것만 같았다.

마이크 앞에 서서 인사를 하려 하니 갑자기 오사다 히로키가 옆에서 유창한 언변을 자랑하며 끼어들었다.

"2학년 가을에 전학 온 오토사카 교시로는 수수께끼의 전학생인가, 바람의 마타사부로(미야자와 겐지의 단편소설에 등장하는 신비한 전학생. 마을 아이들의 상식이 통하지 않는 이질적인 존재로 그려진다 – 옮긴이)인가! 전학 오자마자 축구부의 중앙 공격수를 맡고 그대로 현 대회에서 우승. 결승에서는 2골 1어시스트. 전국 대회에서는 승부차기 끝에 아쉽게 1회전에서 패했지만 그때까지의 모든 득점 장면에 공헌했고, 오토사카 교시로 없이는 성난 파도 같은 승리의 진격도 없었으며 오토사카 교시로 없이는 지금의 저도 없었을 것입니다. 그의 경기를 보면서 젊은 날의 오사다 히로키는 결심했습니다. 이런 경기의 중계를 하고 싶다! 그것이 제 꿈의 시작이었습니다. 말 그대로 제 원점이기도 하죠."

오사다 히로키는 나를 보고 파이팅 포즈를 취했다. 나도 파이팅 포즈로 답했지만, 그가 파이팅 포즈를 한 게 지금의 내가 아니라 중학 시절 현 대회 결승전에서 2골 1어시스트를 기록한 빛나던 시절의 나라는 사실을 생각하니 마음이 불편했다. 빨리 할 말을 끝내고 그 자리를 뜨고 싶었으나 오사다 히로키의 독무대는 아직 끝나지 않았다. 참고로 내가 전학 온 건 2학년 가을이 아니라 3학년 5월이었다.

"비 때문에 울었던 골든 위크의 악몽이 아직 사라지지 않은 5월 12일의 하늘은 구름 한 점 없이 맑았습니다. 우리 나카타가이중학교 축구부는 전에 없던 베스트 멤버로 현 대회 결승전을 맞이하게 되었습니다. 세 개 대회 연속 우승의 디펜딩 챔피언, 신장 180센티미터의 포워드 가라시마 마사아키가 이끄는 오모리중학교를 상대로 우리 학교는 골키퍼에 수호신 요시다 가쓰하루, 철벽 수비진에 모리모토 가즈키, 하야시 후미야, 오나카 겐토, 미드필더에 호소이 고타로, 미야하라 히데카즈, 오가타 하지메가 배치됐고 주장은 야에가시 게이지……."

그의 퍼포먼스에 연회장은 흥분으로 들끓었다. 아나운서로서 대성한 자신의 꿈의 시작점을 직접 중계했던 것이다.

"……양쪽 윙은 모리타 히로시와 구스다 유키오, 그리고 무적의 공격수 오토사카 교시로!"

연회장은 엄청난 환호성으로 휩싸였다. 이런 식으로 당시 시합을 재현해준 오사다 히로키의 호의는 눈물이 날 정도로 고마웠지만, 나는 비 때문에 울었던 골든 위크 직후에 전학을 왔다. 5월 12일이 맑았는지 어땠는지는 기억에 없으나 현 대회가 여름 방학 직전인 7월이었다는 건 확실히 기억했다. 이 어중간한 디테일에 전 주장 야에가시도 쓴웃음을 감추지 못했다. 그런 건 아무래도 상관없지만 분위기를 이렇게까지 끌어올려버렸으니 대체 무슨 말을 해야 좋을까. 젊었을 적 영광의 주인공도 30년의 세월이 지난 지금은 늙고 찌든 비굴한 중년일 뿐이다. 오사다 히로키의 연출이 그런 내 모습을 무참하게 부각시켰다. 마이크 앞에 서서 말을 하려 하니 목소리가 심하게 갈라져서 기침을 하고 말았다.

"콜록콜록. 아, 죄송합니다. 정말 오랜만이네요. 오토사카입니다. 이제 축구는 과거의 영광일 뿐입니다. 그 이후 축구는 뭐……. 지금은 월드컵 경기나 보며 즐기는 정도입니다. 하지만 정말 반갑네요! 저, 한 곡 뽑아도 괜찮을까요?"

나는 이렇게 말하고 갑자기 나카타가이중학교 교가를 불렀다. 될 대로 되라는 심산이었다. 오사다 히로키에게 증오심마저 품었다. 분명 연회 막바지에 모두 함께 교가를 부를 것이었다. 그 사실을 알고 일부러 먼저 불렀다. 대체 이건 무엇에 대한 복수일까. 누구에 대한 앙갚음일까. 오사다 히로키에 대해서일까, 나 자신에 대해서일까, 그것도 아니면 그 자리에 모인 동창생들을 향한 것일까. 이게 복수라는 걸 알기는 할까. 말하자면 자포자기였다. 음 이탈에 여기저기서 실소가 터졌다.

"왜 쟤가 교가를 부르는 건데. 자기가 무슨 대표라도 돼?"라든가, "쟤, 말만큼 인기 있지도 않았는데."라든가 하는 야유 섞인 잡담이 또다시 귀에 들어와 그쪽을 보니 목소리의 주인공인 시마다 이요와 스즈키 우노가 있었다. 3학년 2반 동창생들. 그 시절부터 둘이 함께 악담을 늘어놓곤 했는데 조금도 변함이 없었다. 둘 다 목소리의 주파수가 높아서 멀리까지 선명하게 잘 들렸기에 더 화가 치밀었다. 그런 와중에 반가운 목소리도 들렸다.

"오쓰!"

야에가시였다. 벽에 장식되어 있다 떨어져 바닥에 구르던 풍선을 내 쪽을 향해 차올렸다. 오른쪽 사이드에서 야에가시가 차올리던 크로스는 당시 우리 팀의 필승 패턴이었다.

'오쓰'라는 것도 팀원들만이 알고 있는 내 별명이었다. 야에가시가 찬 풍선이 천천히 궤도를 그리며 내 쪽으로 날아왔다. 나는 교가를 부르며 발끝으로 풍선을 공중에서 받았다. 모두가 와 하며 박수를 쳤다. 나는 풍선으로 리프팅을 하며 교가를 3절까지 불렀다. 마지막에는 눈가에 눈물까지 맺혔고 내 눈물에 이끌려 맨 앞줄의 여자가 같이 울어주기도 했다. 하지만 내 눈물은 더는 참을 수 없는 괴로움 탓에 나온 것이었다. 이런 상황에서 나오는 눈물도 있는 법이다.

오사다 히로키는 이후에도 몇 명인가를 마이크 앞으로 불러내 재밌고 흥겹게 소개하며 많은 사람들의 제물로 삼았다. 시마다와 스즈키의 말대로다. 이제 와서 과거의 영광 따위를 꺼낸들 주위도 곤란하고, 일단 본인이 가장 괴롭다. 이런 식으로 과거 일을 복수하려는 게 아닌가 하는 의심까지 들 정도였다. 단순한 억측이 아니었을지도 모른다. 실제로 이 이벤트를 누구보다도 통쾌하게 즐기고 있는 건 다름 아닌 오사다 본인이었다. 마치 동창생들을 안줏거리로 삼은 그의 원맨쇼 같았다.

그렇다고는 하나 나머지 동창생들도 시청자처럼 그 장면을 즐겼으니 큰 의미에서는 서로의 이해관계가 일치했으려나.

1반 담임이었던 우지이에 선생님이 앞으로 나오자 연회장의 분위기가 순식간에 바뀌었다. 특유의 느긋한 어투는 지금도 여전해서 지난날의 국사 수업이 재현되는 듯했다.

"이 주변도 과소화가 상당히 진행됐습니다. 5년 정도 전에 우리 나카타가이중학교는 이웃의 다가이중학교에 합병됐습니다. 학교 건물도 낡았고, 조만간 철거한다고 해서 없어지기 전에 사진을 찍었습니다. 이쪽을 봐주세요."

우지이에 선생님이 직접 가지고 온 오래된 슬라이드 프로젝터로 사진을 한 장씩 보여주었다. 찰칵찰칵 하는 아날로그 감성의 소리를 내며 슬라이드가 넘어갈 때마다 연회장이 조용히 술렁거렸다.

"학생 없는 학교는 정말 쓸쓸합니다."

책상도 의자도 없고 벽 페인트가 떨어져 나간 교실. 잡초가 무성한 운동장. 폐허 같은 모교의 말로에 다들 그리움보다는 허무에 가까운 감정을 느꼈을 것이다.

"오늘을 위해 뭔가 없을까 해서 창고랑 벽장을 열심히 찾았습니다. 마침 여러분들의 졸업식 장면을 녹음한 카

세트테이프를 찾았기에 슬라이드를 보면서 그걸 들으면 어떨까 합니다."

우지이에 선생님은 서툰 손놀림으로 오래된 라디오 카세트의 재생 버튼을 눌렀다.

나는 숨을 삼켰다. 스피커에서 흘러나온 건 무려 열다섯 살 때의 네 목소리였다.

너는 졸업생 답사를 읽고 있었다. 그 답사는 여기 있는 누구도 몰랐을 테지만 나와 너의 합동 작품이었다. 3월의 토요일 방과 후 네 부탁을 받아 열심히 머리를 짜내던 3학년 1반 교실의 풍경이 떠올랐다. 완성된 원고를 소리 내어 읽은 너는 밝은 미소를 지으며 말했다.

소설가 해도 되겠는걸.

그 소녀의 한마디에 휘둘린 결과 나는 지금도 소설가를 계속하고 있다. 이런 바보가 세상에 또 있을까. 이렇게 다시 네 목소리를 들으니 지금까지 소중히 간직해왔던 기억이 업데이트되어 흐릿했던 영상이 또렷해지는 듯한 착각조차 일었다. 아니, 그건 착각이 아니었다. 실제로 일어난 현상이었다. 실제로 머릿속에서 기억이 선명하게 되살아났다. 그것만으로도 나는 부서질 것 같았다. 들고 있던 샴페인을 단숨에 들이켜서 진정시키려 했지만 가슴의 두근거림은 가라앉지 않았다. 이윽고 나는 어떤 사실을 알아차렸다.

소설가 해도 되겠는걸.

이 말 자체도 마법의 힘을 갖고 있었겠지만 그때 네 미소가 참을 수 없이 기뻤다는 것. 내가 쓴 원고를 읽고 만족한 듯이 미소 지어준 사실이 둘도 없는 기쁨이었다는 것. 그것에 홀려서 내가 소설가의 길을 선택해버리고 말았다는 것까지.

나는 네 목소리를 들으며 슬금슬금 벽 쪽으로 물러섰다. 네 마지막 말을 들은 순간 출입구 문을 열고 연회장을 빠져나와 그대로 호텔에서 나왔다. 눈물이 터질 것 같았다. 계속 그곳에 있었다간 동창생들에게 흉한 모습을 들켰을 것이다. 오열을 넘어선 통곡. 술에 취해 구토하는 것처럼 보이는 포효.

아오바 거리를 걸으며 나는 열심히 눈물을 참았다. 그리고 자신에게 말했다. 자, 너는 도노 미사키를 만나지 않았나. 마법은 풀렸다. 이제 너는 소설가가 아니다. 그러나 그 사실을 받아들이기가 쉽지 않았다. 턱에 너무 힘을 주어 어금니가 부러질 것만 같았다. 지나치게 마신 샴페인 탓도 있어서 정신을 차렸을 때는 땅에 쓰러져 있었다. 이상한 얼굴로 나를 내려다보는 사람들의 시선 따위 전혀 신경 쓰이지 않았다. 술에 취해 길바닥에 널브러져 네게 도움을 받았던 대학 시절의 밤이 되살아났다. 우산도 쓰지 않은 채 비에 젖으며 네 집으로 함께 돌아간 교육 실습을 끝낸 그날 밤.

그 장면이 머릿속에 되살아나니 더는 참을 수가 없었다. 눈물이 멈추지 않았다. 대로 건너편에 생각지 못한 사람의 모습을 발견하지 않았더라면 나는 다른 사람들의 이목 따위 신경 쓰지 않고 소리 내 울었을지도 모른다.

생각지 못한 사람은 유리였다. 그녀도 연회장을 빠져나와 잰걸음으로 걷고 있었다. 나를 뒤따라온 걸까? 순간 그렇게 생각했다.

내가 요코하마의 대학으로 떠나던 날 유리는 역까지 배웅하러 나왔다. 유리가 이별 선물로 준 나쓰메 소세키의 《풀베개》는 여전히 나의 소중한 보물이다. 그녀에게 받았기 때문이라기보다 마지막 페이지에 그녀의 집 주소가 적혀 있기 때문이다. 그녀의 집 주소라는 건 네 주소란 뜻이기도 했다. 편지를 써서 보내달라는 유리의 메시지였을 테지만 나는 끝내 편지 한 통 보내지 않았다.

나는 너를 사랑하고 네 여동생은 나를 사랑했다. 하지만 다 옛날이야기였다.

홀로 동창회 자리에서 빠져나와 돌아가는 유리를 보고

나를 따라온 게 아닐까 착각하는 건 자의식 과잉이란 생각을 하며 오히려 내가 그녀를 미행했다. 유리는 다음 교차로까지 가서는 주위를 둘러보며 확실히 누군가를 찾는 듯했다. 역시 내가 아닐까. 하지만 찾는 사람을 발견하지 못한 듯 이내 포기하고 방향을 바꾸어 앞에 있던 버스 정류장에 가서 줄을 섰다. 그대로 집으로 돌아갈 생각이었으리라. 나는 슬며시 다가가 뒤에서 말을 걸었다.

"저기."

돌아본 유리는 완전히 허를 찔렸는지 입을 떡 벌린 채 기쁜 듯하기도 하고 곤란한 듯하기도 한 미묘한 표정을 지었다.

"오랜만이야. 네가 가는 게 보여서 따라왔어."

"어머, 나도 서…… 네가 나가는 게 보여서. 인사 정도는 할까 해서."

순간 유리의 입에서 흘러나온 '서'라는 말. 무심코 '선배'라고 할 뻔한 걸 속으로 삼켰음에 틀림없다.

"우와, 나를 찾으러 나온 거구나."

나는 짐짓 모르는 척했다. 나는 유리가 네 행세를 한다는 사실 역시 모르는 척하며 대화를 이어나갔다.

"뒤쫓아 왔다기보다 나도 집에 갈 생각이었거든."

"그래. 마음이 잘 맞네."

"그러게."

"왠지 좀 불편해서. 그런 식으로 소개된다는 게…….
계속 불편했어."

"나도. 학생회장 같은 건 과거의 영광인걸."

유리는 계속 너를 연기했다. 솔직히 내게는 사실을 밝
힐 줄 알았다. 아니, 사실은 언니가 갑자기 오지 못하게
되어 대신 내가, 당신을 만나고 싶어서, 하는 식으로 실
토하는 유리를 기대했건만 그녀는 거짓말을 멈추지 않았
다. 왠지 일이 이상해졌지만 재미는 있었다. "사실은 언
니가…….' 하는 말을 들은들 너를 만날 수 있을 리 만무
했고 "언니에게 안부 전해줘."라는 인사말과 함께 끝이
라는 결과가 뻔히 보였다.

아마도 너는 언니의 불참을 구실로 언니 흉내를 내며
동창회에 참가했을 것이다. 이유는 나를 만나고 싶었기
때문에. 이게 그때의 내가 멋대로 이끌어낸 추리였다. 나
는 유리의 거짓말에 조금만 더 보조를 맞추기로 했다.

"정말 반갑다. 좀 더 이야기하고 싶은데 어디서 2차
안 할래?"

"뭐? ……아니, 그게 이젠 돌아가야…….'

"그렇구나. ……그럼 연락처라도…….'

"페이스북해?"

"아, 그런 건 잘 몰라. 그럼 메일은?"

"아, 있어."

"메일 주소 가르쳐줘. 뭔가 쓸 거 있어?"

"아, 응. 아, 내 쪽에서 보낼까? 전화번호도 함께."

유리는 내 휴대 전화에 자기 전화번호를 입력했다. 왠지 순간 난처한 표정을 짓기에 휴대 전화 화면을 슬쩍 바라보니 '도노'라는 두 글자로 된 성씨를 확인할 수 있었다. 잠시 주저한 후에 유리가 입력한 문자는 '유리'가 아니라 '미사키'였다.

그녀의 이 행동은 대체 뭘까?

나는 소설《태양은 가득히》(퍼트리샤 하이스미스의 소설. 원제는《재능 있는 리플리(The Talented Mr. Ripley)》로 1960년대 우리나라에《태양은 가득히》로 소개되었다 – 옮긴이)가 떠올랐다. 주인공 톰 리플리는 부자 친구 디키 그린리프를 죽이고 그의 행세를 하며 우아한 생활을 만끽했다지만 유리는 대체 무슨 생각인 걸까.

오늘만이 아니라 이미 오랫동안 네 행세를 해왔던 걸까. 작가라는 본질이 망상을 부풀렸다.

유리는 내 휴대 전화를 조작해 자기 휴대 전화로 전화를 걸었다가 취소 버튼을 눌러 바로 끊었다. 이것으로 그녀는 내 전화번호를 손에 넣었다. 임무 완료. 휴대 전화는 내 손으로 돌아왔고 유리는 다소 만족한 듯했다.

나는 참지 못하고 유리를 슬쩍 떠보았다.

"나에 대해 기억해?"

"뭐? 그게 무슨······. 응."

"어떤 식으로?"

"어떤 식으로? 그건······ 그러니까······ 전학생이고······ 축구부였고······."

유리는 중학교 시절 나와의 관계가 너보다 가까웠다는 자각이 있었을 것이다. 유리는 축구부 매니저, 너는 학생회장. 유리 입장에서 나는 너와는 아무런 접점도 없는 관계인 한편 자신은 이런저런 접점이 있었던 관계였을 것이고, 따라서 언니인 미사키를 연기하려면 나에 대해서 아는 게 거의 없다는 자세를 유지해야 했다. 요컨대 이래저래 알고 있어도 모르는 척해야 한다는 사정이 유리에게는 있었다. 자칫 잘못하면 실수하기 십상이었다. 유리는 과연 그걸 어떻게 피해 갈 생각일까. 그런 유리를 공략하는 건 손쉬운 문제였다. 유리가 생각하고 있는 것 이상으로 나와 너 사이에는 많은 일들이 있었으니까.

"다른 거는? 나에 대해 기억하는 건."

"그게······ 다른 거는 잘."

"그래?"

"옛날얘기니까. 자, 메일 주소도 보냈어."

그 말에 내 휴대 전화를 보니 그녀가 보낸 메시지가 도착해 있었다.

"오랜만이야. 메일 교환이라니 시대도 많이 변했네!

내 메일 주소야!"

대화하는 도중에 이 문장을 작성했다는 사실에 놀랐다. 메일 주소를 보니 mamasan19740224@이라고 되어 있었다. 숫자는 생일일까. mamasan은 '엄마'라는 의미일까. 바로 유리에게 물어보았다.

"엄마?"

"뭐? 응, 그래."

"아이는 몇 명?"

"두 명."

유리는 여기서도 거짓말을 한 건데, 이때의 나는 알 도리가 없었다. 너나 유리에게 아이가 몇이 있는지까지는 알 수 없었으니까.

"……지금은 어떤 일해?"

이번에는 유리가 질문했다.

"나? ……소설 써."

"소설?"

유리가 눈을 동그랗게 떴다. 솔직한 반응이었다. 함정에 걸렸다. 너는 적어도 내가 소설가를 꿈꾸고 있다는 것 정도는 알고 있었다. 하지만 유리는 그 사실을 알 턱이 없었다.

나는 주머니에서 명함을 꺼내 유리에게 건넸다. 명함에는 '소설가 오토사카 교시로'라는 이름과 내 주소와 전화번호, 그리고 메일 주소도 적혀 있었다.

"소설가! 굉장해!"

"별거 아니야."

버스가 왔다.

"어떤 걸 써?"

그 질문에 뭐라 대답을 해야 할지 망설였다. 그걸 이야기하자면 말이 길어진다. 선 채로 말하기에는 애매했다. 버스 문이 열렸다. 나는 뜻을 굳히고 물었다.

"소설은 읽었어?"

"소설? 무슨?"

"……음, 다음에 이야기할게."

"아, 그럼 메일 보내!"

문이 닫히려고 하자 유리가 버스 안으로 뛰어들었다. 손을 흔들며 배웅하는 내게 유리는 창 너머에서 고개를 가볍게 꾸벅했다. 네 흉내를 내려는 것인지 곧바로 고개를 홱 돌렸다.

어쨌든 그날 밤은 커다란 수확이었다. 유리의 메일 주소를 손에 넣었다. 이것으로 언제든 너의 근황을 물을 수 있을 터였다. 그전에 왜 유리가 너를 연기했는지 물어볼 필요가 있었다. 자, 그럼 어떻게 공략할까.

나는 방금 받은 연락처로 문자를 보냈다.

"오랜만에 만나서 좋았어. 동창회 가길 잘했네."

바로 답장이 왔다.

"나도! ^0^"

나는 기쁜 나머지 도를 넘고 말았다.

"널 아직도 사랑하고 있다면 믿어줄래?"

다시 바로 답장이 왔다.

"아줌마를 놀리지 마!"

아무래도 정체를 밝힐 마음이 없는 모양이었다.

나는 역 앞 비즈니스호텔로 돌아가 라운지에서 한잔한 다음 다시 문자를 보냈다.

"내게 너는 영원한 사랑이야."

나는 유리의 답장을 기다렸다. 신경이 쓰여 몇 번이고 휴대 전화를 들여다보았지만 유감스럽게도 그날 밤에는 어떤 답장도 오지 않았다. 이후에도 답장은 없었다.

다음 날 아침 눈을 뜬 나는 바로 휴대 전화를 확인했다. 유리에게서 어떤 식으로든 답장이 왔을 거라고 생각했기 때문이다. 그러나 그녀에게서 문자는 오지 않았다. 대신 동생에게 지금 어디 있느냐는 메시지가 와 있어서 묵고 있는 호텔을 알려주었다.

프런트에서 체크아웃을 하고 차로 나를 데리러 온 동생 베니코를 만났다.

"어라? 디즈니랜드에 갔었던 거 아니야?"

"어제 갔다 왔어."

"그저께 만나고 오늘 또 보다니 별일이 다 있네."

"집에도 안 들르고 돌아가게 놔둘 수는 없으니까."

여동생은 나를 차에 태워 본가까지 강제로 연행했다. 오랜만에 만나는 부모님은 완전한 후기 고령자가 되어 있었다. 전처럼 내게 이래라저래라 잔소리를 늘어놓지도 않았다. 나에 대해서는 이미 달관의 경지였다. 모처럼 가족끼리 온천이라도 가자는 이야기가 나와 아키우 쪽에 숙소를 잡았다. 오랜만에 아버지와 온천에 들어간 데에다 아버지의 등을 밀어주는 건 처음이었다. 아버지가 중고차 판매 일을 퇴직한 지 벌써 20년이 넘었다. 아버지는 2차 세계 대전을 겪은 마지막 세대였다. 생각해보니 여태까지 그 시절 이야기를 한 번도 들은 적이 없어서 이참에 물어보았다.

"전쟁 때 일 기억해요?"

"그럼, 당연하지."

"어땠어요?"

"글쎄다. 많은 일들이 있었으니까. 공습 때 요시오카로 강제 피난을 갔었는데 밤하늘이 새빨갛더라. 어른들은 두려워했는데 나는 어려서 그랬는지 예쁘다고 생각했어. 그 불 속에서 수많은 사람들이 죽었는데 말이지. 아무리 어렸다 해도 그 광경을 예쁘게 본 게 지금도 후회돼. 근처 광장에서 군인이 자동 소총을 쏘는 장면을 봤지. 연습이었는지, 아이들에게 보여줄 목적이었는지. 의도는 모르겠지만 아무튼 뭐 그런 시대였으니까. 그 자동 소총 소리가 무서웠다. 소리가 엄청 컸거든. 땅이 울릴 정도로. 언젠가는 나도 전쟁에 나가서 나라를 위해 죽을 거라고 믿었기 때문에 총 같은 건 무섭지 않다고 막연하게 생각했지만, 실물은 달랐어. 무서웠지. 그런 걸 사람을 향해 쏘다니 나는 절대 할 수 없을 것 같았어. 하지만 그게 군인들의 숙명이었고 적도 이쪽을 향해 총을 쐈으니까. 뭐 현세의 지옥 같은 거지. 치안 유지법이라는 게 있었지만 사실 전쟁 때 치안이 가장 나쁘니 무용지물이었지. 사람을 죽여도 되니까."

이야기를 마저 듣고 싶었지만 여기서 대화를 더 지속했다간 몸에 열이 오를 것 같아 종전을 맞이하기 직전에 탕에서 나왔다. 방으로 돌아가니 식사가 준비되어 있었다. 부모님, 여동생, 나 넷이서 좌식 테이블에 둘러앉아 코스 요리를 즐겼다. 여동생의 천방지축 아이들은 집에서 대기 중이었다. 오랜만에 우리 네 식구만 모인 조촐한 식사였다.

어머니는 오사다 히로키의 팬이었는지 〈숲의 도시의 산책길〉을 매주 보고 있었나 보다. 동창회 상황이 어땠

는가에 대해 끈질기게 듣고 싶어 했지만 나는 이런 대화
에 서툴렀다. 왠지 뻔한 이야기를 잘 못하겠다.

"아나운서들은 어쩜 목소리가 그렇게 반들반들할까.
연습하면 우리도 그런 목소리가 나오려나."

동료 작가들과의 식사 자리라면 이런 한심한 이야기만
으로도 한참 동안 대화가 끊기지 않겠지만, 이런 유의 화
제에 대해서는 아버지도 어머니도 모래를 씹는 듯한 얼
굴로 듣고만 있을 뿐이었다.

"연습하는 거다."

"연습하겠지."

진지한 대답에 이야기는 거기서 끝났다.

갑자기 아버지가 "소설 쪽은 어떠냐?" 하고 물었다.

"사실 슬슬 그만두려고 해요."

나의 말에 다들 입을 다물고 말았다. 어느 틈엔가 여동
생의 눈이 벌겋게 충혈되어 있었다. 가족이 아무리 포기
하라고 해도 절대 말을 듣지 않던 큰아들이 갑자기 은퇴
선언을 해버림으로써 받은 충격이 적지 않았던 모양이
다. 결국 그만둘 거라면 애당초 시작은 왜 했냐, 다른 좋
은 길이 있었을 텐데 등등, 다들 그리 생각하는 게 분명
했다. 여동생이 보인 눈물도 분명 내가 쓸데없이 인생을
허비한 게 분해서였기 때문일 것이다.

갑자기 분위기가 가라앉아 흡사 장례식 같아졌다. 그

런데도 정작 원인 제공자는 멀쩡히 젓가락질만 잘하고 있었다. 성실하게 회사원이 되어서 결혼을 하고, 아이를 낳고, 행복한 가정이라는 걸 꾸려 부모님 은혜에 보답하는 게 올바른 길이라면, 거기에서 벗어나 무계획적으로 살아온 바보 같은 큰아들이 앞으로 얼마나 더 부끄러운 길을 걸어가게 될는지. 나는 그 자리에 있기 힘들어서 서둘러 식사를 마치고 노천 욕탕으로 도망쳤다. 마냥 밤바람만 쏘이면서 어찌할 바를 몰랐다.

목욕을 마치고 나와 안마 의자에 앉아 휴대 전화를 확인했지만 유리의 문자는 들어와 있지 않았다.

유리에게서 답변이 오지 않으면 너의 근황을 물을 수 없었다. 네가 건 마법이 풀리기를 바라는 내 야망이 헛되이 부서질 것만 같았다. 이렇게 된 이상 너를 직접 만나러 가는 건 어떨까, 하는 생각이 문득 스쳤지만 역시 그럴 만한 용기는 없었다. 뒷맛이 좋지 않은 종막이지만 인생이란 원래 그런 걸지도.

유리는 물론, 도쿄 흰 비둘기파 사무실에서도, 혹은 그 어떤 곳에서도 연락이 오지 않아서 다들 나를 필요로 하지 않나 싶어 속이 쓰렸다.

방으로 돌아오니 부모님과 여동생이 텔레비전을 보고 있었다. 나는 무심코 내뱉었다.

"도쿄에서 일이 좀 들어와서. 내일 일찍 떠나야 하니

오늘은 이만 돌아갈게요."

"뭐? 지금?"

어머니가 놀란 얼굴로 나를 보았다.

"네."

"이 시간엔 버스도 없을 텐데."

거기까지는 생각하지 못했다. 자포자기 상태였을 뿐.

"택시를 불러줘라."

아버지가 말했다.

"역까지 택시? 얼마나 나오는데?"

"5, 6천 엔 정도일 거다."

동생의 질문에 아버지가 대답했다.

동생이 프런트에 전화해 택시를 불러달라고 했다. 나는 택시를 타고 온천 마을을 떠났다. 그리고 신칸센 막차를 타고 도쿄로 돌아왔다.

오랜만의 단란한 가족 모임을 중단하고 돌아올 이유 따위는 어디에도 없었다. 아, 왜 나는 이렇게 모든 걸 스스로 박살내버리는 걸까. 오늘 밤 같은 일을 저지르는 게 익숙해서일까. 인생을 쓸모없이 낭비하더라도 아프거나 가렵지 않은 건가, 하는 생각을 하고 있자니 내 자신이 처량하고 이런 걸 장남이라고 둔 가족이 너무나 안쓰러워, 승객이 적은 자유석 구석 자리에서 양손으로 얼굴을 감싼 채 울고 또 울었다. 할 수만 있다면 이대로 죽어버리고 싶었다.

고엔지의 내 집에 도착한 건 깊은 밤이었다. 그대로 침대에 누워서 옷도 갈아입지 않고 아침까지 자고 말았다.

눈을 뜨니 몸에 힘이 들어가지 않았다. 몽롱한 상태로 요 며칠 동안 있었던 일이나 과거에 있었던 여러 일들을 돌이켜보며 아, 이제 나는 소설가가 아니구나, 하고 실감할 때마다 괴로운 한숨이 새어 나왔다. 미련이 남아 휴대전화에 유리의 문자가 왔는지 확인했지만 역시 오지 않았다. 아, 이제 나는 소설가가 아니구나, 하는 생각에 또다시 괴로운 한숨이 나왔다. 미련이 잔뜩 남아 이게 마지막이라는 생각으로 유리에게 문자를 보냈다. 아니, 그건 네게 보낸 메시지였다.

"아직도 당신을 사랑합니다."

그리고 나도 모르게 다시 잠이 들어버렸고, 정신을 차려보니 점심때가 한참 지난 상태였다. 이대로라면 밤까지 계속 자다가 뜬눈으로 밤을 새울 것 같아 기운을 차리고 집을 나섰다. 히가시나카노 사무실까지 걸어가서 비둘기 사육장을 청소하고 저녁 무렵에 다시 고엔지 아파트로 돌아왔다.

그날 밤에도 유리에게 연락은 오지 않았다. 다음 날 비둘기가 든 새장 두 개를 차에 싣고 이벤트장 두 군데에서 비둘기를 날린 다음 집으로 돌아왔다. 어쩌다 한번 확인하는 우편함을 열어보니 쓸모없는 광고물 위에 손 글씨로 쓴 봉투가 있었다. 보내는 사람의 이름은 없었다.

누구일까.

궁금하게 만들어놓고 열어보면 광고 우편물. 봉투를 열어보게 하려는 흔한 수법이었다. 우편함 옆의 쓰레기통으로 가서 쓸모없는 광고 우편물들을 차례차례 버리면서 이것도 광고라면 그대로 쓰레기통에 버리겠다며 봉투를 뜯었다. 그러다 편지지 앞머리에 '오토사카 교시로에게'라는 문구를 발견했다. 편지지 끄트머리를 보았다. 네 이름이 있었다.

"미사키가." 숨을 삼켰다.

나는 하늘로 날아오를 것 같은 마음으로 편지를 들고 계단을 뛰어올라 집 문을 열었다. 익숙한 현관문이 마치 천국의 문처럼 반짝반짝 빛났다. 석양이 집 안을 신성하게 비추었다. 편지를 바로 읽기에는 너무나도 아쉬웠다. 집에서 입는 옷으로 갈아입고, 손을 씻고, 냉수로 목을 축인 후에 편지를 마주했다. 흰 편지지에는 복숭앗빛 꽃무늬가 희미하게 새겨져 있었다.

나는 편지지를 손에 든 채 침대에 누워 그대로 잠이 들었다.

오토사카 교시로에게

불평하고 싶지는 않지만 모두 네 탓이야. 네가 갑자기 그런 문자를 보내서 휴대 전화 화면에 뜬 걸 남편이 봤어. 때문에 남편이 나와 너의 사이를 오해하고 말았어.

네가 보낸 편지가 아니었다. 네 여동생이 보낸 것이었다. 아직도 너를 연기하고 있다. 대체 무슨 생각인 걸까. 어이가 없었지만 흥미진진했다. 그다음을 읽었다.

화가 난 남편이 전화까지 부수고 말았지. 더는 전화를 쓸 수 없게 되었고 통화 내역, 친구 연락처 등 모든 게 다 사라졌어. 우리 남편은 화가 나면 스스로 제어할 수 없기 때문에 곤란하거든. 게다가 온라인 보안 관련 엔지니어라 무슨 짓을 할지 알 수가 없어. 이미 네 집을 찾아서 네 컴퓨터를 해킹하고 있을지도 몰라.
그 뒤로도 또 문자를 보내거나 했어? 뭔가 보냈다면 미안하지만 읽지 못했어. 그 말만은 전하고 싶어서. 그게 신경이 쓰였거든. 미안해. 뭔가 일방적인 편지라서. 답장은 필요 없어. 이쪽 주소는 안 적고 보내는 걸 이해해줬으면 해. 그런데 어제는 정말 오랜만이라 반가웠어. 소설은 어떤 소설을 써? 종류가 많잖아. 문학? 추리 소설? 판타지 소설?

언제가 만날 기회가 있다면 알려줬으면 해.

내용이 정신없네. 미안해. 건강히 잘 지내.

도노 미사키가

편지 내용으로 보건대 나 때문에 부부 싸움을 한 모양이다. 덕분에 휴대 전화까지 부서졌다고 쓰여 있었다. 정말 면목이 없었다. 하지만 연락처가 적혀 있지 않은 터라 사과를 할 수도, 무슨 일이 있었느냐고 물어볼 수도 없었다. 네게 도달할 길이 없다니. 네 근황도 듣지 못했는데. 네 근황 정도는 그날 밤 버스 정류장에서 바로 물었으면 좋았을 것을. 후회한들 버스는 이미 떠났다. 유리가 너를 연기한 것도 수수께끼로 남은 채 다음 날 다시 한 통의 편지가 도착했다.

오토사카 교시로에게

오늘 아침에 그 얘기로 다시 불이 붙어서 부부 싸움을 벌이고 말았어. 대체 이게 무슨 일인지. 그런 일이 있었다는 사실만 일단 알리고 싶어서. 편지는 이번이 끝이야. 건강히 잘 지내.

도노 미사키가

내 문자가 화근이 되어 큰일이 벌어진 것 같은데 편지만으로는 어떤 상황인지 도무지 알 수가 없었다.

그리고 며칠 후에 다시 한 통.

오토사카 교시로에게

우리 집에 큰 개 두 마리가 생겼어. 남편이 나보고 이 개들을 키우라는 거야. 아마도 벌이겠지. 너를 비난하고 싶지는 않지만 알고는 있어야 할 것 같아서. 미안해. 이제 편지는 쓰지 않을게. 이 편지도 무시해줘.

도노 미사키가

며칠 후에 또 한 통.

오토사카 교시로에게

시어머니가 잠시 우리 집에서 같이 살기로 했어. 이것도 분명 남편의 벌이야.
너한테 뭐라고 하고 싶지는 않지만 하다못해 아주 작은 고통 정도는 함께 느꼈으면 해. 휴대 전화가 없는 게 이리도 힘들 줄이야. 다른 사람들한테 연락할 길이 없다니까. 스트레스가 쌓여서 폭발할 것 같아. 휴대 전화가 없던 시절의 인류는 대체 어떻게 스트레스를 풀었을까. 주부의 스트레스 해소에 함께해줘서 고마워. 읽었으면 버려줘. 더는 쓰지 않을게.

도노 미사키가

나 때문에 유리의 가정에 불화가 생긴 것 같아서 미안하고 또 미안했지만 연락할 방법이 없었다. 방법이 있다손 쳐도 본인이 연락하지 말라고 한 데에다 주소도 적혀 있지 않으니 내 쪽에서 연락하면 불에 기름을 붓는 듯한 일이 벌어지고 말 것이다. 나는 그저 매일 우편함을 확인하며 유리의 다음 편지를 기다릴 수밖에 없었다. 내가 유리의 편지를 이토록 기다리게 될 줄이야. 운명은 참으로 얄궂다.

유리의, 유리에 의한 일방통행 편지는 이렇게 시작되었다.

동창회 모임에 가서 안내 데스크 같은 곳에 인사를 하고
언니의 죽음을 알리고 돌아온다. 이게 유리가 예정했던
시나리오였다. 하지만 유리는 생각과는 다르게 풀 메이
크업에 정장까지 차려입었다. 왜일까. 격식을 차리는 자
리인 만큼 직접적인 관계자가 아니더라도 평상복을 입
고 갈 순 없었던 걸까. 부고를 전하고 싶었을 뿐이라면
모임 간사에게 연락하는 방법도 있었다. 이제 와서 그런

걸 따진들 무슨 의미가 있을까. 유리가 나를 만나고 싶은 마음이 있었는지 어땠는지는 그다지 생각하고 싶지 않은 지점이었다.

어쨌든 유리가 너로 오해받은 전말은 이랬다.

유리가 호텔 연회장에 도착했을 때 접수처에는 남녀 두 명이 진을 치고 있었다. 유리는 얼굴을 모르는 선배 둘이라고 말했지만, 보태자면 그건 다나베 미치루와 오가와 고지였을 것이다. 유리가 이름을 밝히려 하자 그들은 황급히 말을 가로막고 내게 한 것처럼 유리가 누구인지 맞히려 했다. 그리고 그들의 입에서 나온 건 다름 아닌 네 이름이었다.

"도노 미사키! 그렇지? 맞지?"

유리에게는 예상 밖의 상황이었다.

"우와, 완전 반갑다! 저기, 나 누군지 맞혀볼래?"

다그치듯 다나베 미치루가 말했다. 유리는 그녀가 누구인지 전혀 알지 못했다. 오가와 고지도 자기가 누구인지 맞혀보라고 했지만 전혀 기억에 없었다. 한 학년 위의 선배라 같은 건물에서 2년을 함께 보냈음에도 기억나지 않았다. 그들의 오해를 어떻게 풀까 고민하는 사이 다나베 미치루가 유리를 연회장으로 안내하면서 "학생회장이 왔어!" 하며 주위에 널리 알리고 말았다. 때문에 동창생들이 차례차례 모여 오랜만이라며 인사를 하고 포옹을 하는 통에 사실을 밝힐 수 없었다. 더구나 연회장 안에서 오토사카 선배(나)를 발견하고 눈이 마주치고 말았다. 유리는 몇 십 년 만인데도 불구하고 가슴이 두근거려 곤란했다. 선배를 잠깐이나마 볼 수 있어서 오기 잘했다는 생각마저 들었다. 유리도 이 점은 인정하는 바였다. 그녀 입장에서 우발적으로 조우한 선배에게 가슴이 두근거린 것까지는 세이프이지만, 자발적으로 멋을 내고 만나러 가는 것은 아웃이라는 불문율이 있던 건지도 모른다.

어쨌든 그러다 보니 식순이 시작되었고, 〈숲의 도시의 산책길〉 테마곡에 맞추어 오사다 아나운서가 예능 방송에서 하듯이 도노 미사키를 불렀다. 우레 같은 박수와 함께 사람들이 길을 터주어 스탠드 마이크와 자신 사이에 통로가 열려버렸다. "저는 미사키가 아니라 동생 유리입니다. 언니는 지난달에 사망했습니다."라고 말해야 했는데, 모두의 뜨거운 시선과 미소 띤 얼굴을 보니 그런 충격적인 고백을 할 용기가 나오지 않았다. 유리는 아예 언니인 척하며 적당히 말하고 들키기 전에 빨리 돌아갈 심산이었다.

"여러분, 오랜만입니다. 그게…… 중학교 때는 제게도 잊을 수 없는 추억이 많았는데, 그러니까…… 이렇게 마이크 앞에 서서 많은 사람들 앞에서 이야기하는 건 중학교 이래 처음인 것 같네요. 오늘은…… 부디…… 즐겁게 보내시길 바라겠습니다."

어렵게 꺼낸 한마디도 엉망이었다. 이래서야 언니의 대역이라 할 수가 없다. 미사키와 사이가 좋았던 여자들이 마이크 앞에서 도망친 유리를 둘러싸고 긴장했냐며 너답지 않다며, 하는 걱정인지 야유인지 모를 말이 귓가를 스쳤다. 하지만 유리는 그런 말들이 전혀 들리지 않을 정도로 긴장해서 떨림이 멈추지 않았다. 냉방이 잘되는 연회장 안에 있었음에도 이마와 손에서 계속 땀이 났다. 끝내는 빈혈인지 과호흡인지 알 수 없는 상황까지 오고 말았다. 그대로 있다간 쓰러질 것 같아 웨이터에게 물을 받아 들고 사람이 없는 구석으로 도망쳐 한숨 돌리려 하는데, 오사다 아나운서가 재차 유리를 불렀다.

"잠깐 잠깐 잠깐! 학생회장! 질문 좀 합시다!"

유리는 손사래를 치며 거절했다.

"아이구야. 그렇다면 하다못해 제 선물이라도 받아주세요. 오늘은 학생회장을 위해 특별히 선물까지 준비했거든요. 부디 받아주기 바랍니다!"

유리는 시키는 대로 얼굴에 마스크를 썼다. 바로 그때 유리가 나를 보았다. 내 시선은 전부터 유리를 향해 있었기 때문에 필연적으로 눈과 눈이 마주쳤다. 유리는 순간 한 장면이 뇌리에 떠올랐다. 선배 앞에서 언니의 마스크를 벗겨낸 그 저녁 무렵. 선배와의 수많은 추억이. 달콤

하기도 하고 괴롭기도 했던 사춘기의 기억이. 그런 추억에 잠시 마음을 빼앗겼을 때 갑자기 오사다 아나운서의 화살이 선배를 향했다.

오사다 아나운서의 자기 현시욕을 마음껏 드러낸 중계는 들어주기 힘들었다. 유리는 원래부터 오사다 아나운서를 좋아하지 않았다.

"센다이 색에 너무 물들어서 지역 방송국 톤과 맞지 않아요. 어딘가 사람을 깔보는 듯한 느낌도 들고. 센다이 사람은 다들 그런 느낌이 좀 있지 않아요? 센다이 사람은 센다이 시민이지 미야기 현민도 아니고 도호쿠 사람(센다이시는 도호쿠(東北) 지역 미야기현에 속한 도시다 – 옮긴이)도 아닌 듯한 그런 점. 나도 분명 그런 부분이 있겠지만 어쨌든 그 사람은 그 점이 두드러져서 싫어요."

나중에 유리 본인에게 들었던 말이다. 유리가 싫어하는 오사다 아나운서의 긴 해설이 끝나고 드디어 마이크 앞에 선 선배는 무슨 생각인지 갑자기 교가를 불렀다. 중간부터는 풍선을 차면서 교가를 불러 동창생들의 조소와 야유를 한 몸에 받았다. 유리는 그 장면을 보고 싶지 않았다. 그때 야에가시 선배가 유리에게 다가왔다.

"오랜만이야."

"아, 안녕하세요."

유리는 무심코 고개를 숙여 인사했다.

"나에 대해 기억해?"

"아, 아니⋯⋯."

잊었을 리가 없었다. 야에가시 선배는 축구부 주장이고 유리는 매니저였다. 하지만 유리는 기억이 나지 않는 척을 했다. 언니가 그와 어느 정도로 친했는지 전혀 몰랐기 때문이다.

"야에가시야, 야에가시. 1학년 때 같은 반이었잖아."

"아, 야에가시!"

"여동생은 잘 있어?"

"뭐, 아, 물론이지."

여기에 계속 있다간 거짓말이 눈덩이처럼 불어날 뿐이었다. 그만 돌아가지 않으면 들키게 될 거라는 생각을 하던 중에 우지이에 선생님의 시간이 되고 말았다. 주위가 조용해져서 도망칠 타이밍을 놓쳤다. 스크린에 비친 학교 사진은 유리에게도 충격이었다. 완전한 폐허였다. 뭐라 말할 수 없는 기분에 휩싸였을 때 갑자기 언니 미사키의 목소리가 흘러나왔다. 중학생임에도 방금 전 자신이 앞에 나가서 한마디했던 것과는 비교도 되지 않는 씩씩하고 힘찬 목소리로 답사를 읊는 언니. 역시 언니는 대단했다. 유리는 눈물이 날 것만 같았다.

문득 옆을 보니 오토사카 선배가 슬금슬금 뒤로 물러나는 게 보였다. 계속 보면 눈이 마주칠 것 같아서 일부러 스크린 쪽에 시선을 돌리고 신경 쓰지 않는 척하며 선배를 곁눈질했다. 선배는 가장 뒤쪽 문에 도착하더니 조심스럽게 문을 열고 밖으로 나갔다.

화장실? ……아니.

유리는 그럴 리 없다고 생각했다. 언니의 음성을 들으며 중간에 자리에서 벗어난다고? 다른 사람은 몰라도 선배만은 그럴 수 없다고 생각했다. 선배는 언니를 아주 많이 좋아했다. 연애편지도 몇 통이나 썼고 그때마다 자신에게 전달을 부탁했었다. 적어도 이 타이밍에 화장실에 간다는 건 있을 수 없는 일이었다. 그렇다면 아예 자리를 떠난 건가?

유리는 선배의 뒤를 쫓았다. 선배에게만은 사실을 말해야 한다고, 순간 그렇게 생각했다.

선배가 자리를 뜬 이유는 무엇일까. 언니의 목소리를 듣는 게 참을 수 없이 힘들어서? 생각할 수 있는 거라곤 그 정도뿐이었다. 어째서일까. 혹시 선배는 언니의 죽음을 알고 있는 건가? 여러 가지 생각들이 유리의 머릿속을 맴돌았다.

유리는 호텔을 나와서 역 쪽으로 향하며 선배의 모습을 찾았다. 교차로 신호에 막히는 바람에 멈추어 서서 앞쪽을 살펴보았지만 선배의 모습은 보이지 않았고 유리는 거기서 포기했다. 마침 바로 근처에 집으로 가는 버스가

서는 정류장이 있어서 줄을 섰다.

그러자 선배인 내가 그곳에 나타나 말을 걸었다는 것이다.

"오랜만이야. 네가 가는 게 보여서 따라왔어."

"어머, 나도 서…… 네가 나가는 게 보여서. 인사 정도는 할까 해서."

"우와, 나를 찾으러 나온 거구나."

"뒤쫓아 왔다기보다 나도 집에 갈 생각이었거든."

"그래. 마음이 잘 맞네."

선배까지 나를 언니로 착각하고 있었다. 그렇지 않다면 나를 뒤쫓아 왔을 리 없다. 미소, 호의, 가쁜 숨, 그것들은 모두 언니에게 바쳐 마땅한 것이었다.

하지만 도저히 진실을 밝힐 상황이 아니었다. 그 사실을 깨닫고 나니 선배와 할 이야기가 없었다. 모든 건 과거의 이야기였다. 그것도 아주 오래된 과거. 더구나 두 사람 사이에는 웃으면서 이야기할 만한 추억이 하나도 없었다. 이야기 하나하나가 지극히 섬세하고 아픔을 동반하는 추억뿐이었다. 선배가 언니에게 보낸 연애편지를 자신이 전달하지 않은 이야기도, 자신이 선배에게 쓴 연애편지 이야기도, 고등학생 때 먼 길을 떠나는 선배를 배웅하러 가서 나쓰메 소세키의 《풀베개》의 마지막 페이지에 집 주소를 적어 전했지만 편지 한 통 오지 않았던 이야기도, 무엇 하나 다시는 떠올리고 싶지 않은 괴로운 추억뿐이었다.

어쨌든 유리는 선배에게 전화번호와 메일 주소를 가르쳐주고 버스에 올랐다. 헤어질 때 선배는 지금 소설을 쓰고 있다고 말했는데, 그것조차 거의 머릿속에 들어오지 않을 정도로 정신이 없었다. 버스 좌석에 앉아 그제야 한숨을 돌렸다. 휴대 전화에 진동이 느껴졌다. 선배의 문자가 와 있었다.

"오랜만에 널 만나서 좋았어. 동창회 가길 잘했네."

답장을 보냈다.

"나도! ^0^"

그러자 바로 다시 문자가 왔다.

"널 아직도 사랑하고 있다면 믿어줄래?"

유리는 마치 자신이 고백받은 것처럼 가슴이 두근거렸다. 하지만 그건 언니를 향한 것이었다. 복잡한 심경으로 일단 언니의 마음이 되어 답신을 보냈다.

"아줌마를 놀리지 마!"

보낸 다음에 후회했다. 언니였다면 이렇게 말하지 않았을 것이다. 방심했다. 들켰을까.

집으로 돌아온 유리는 남편인 소지로에게 동창회에서 있었던 일들을 말했지만 나와 만난 사실만은 쏙 빼놓았다. 그런 이야기는 소지로가 아니어도 이 세상의 남편들이 좋아할 리 없다. 유리는 떳떳하지 못한 마음에 수다스러워졌다.

"벌써 30년이나 지났잖아? 중학생 때 모습은 전혀 없더라고. 다들 늙어서 머리가 벗어지거나, 살이 찌거나, 진하게 화장을 했거나, 성형을 했거나. 그래서는 누가 누구인지 알아볼 수가 없지."

"언니 이야기는? 사람들에게 알리지 않았어?"

"말 못했어. 정신 차려보니 앞에 나가서 한마디까지 하는 바람에 언니인 척 연기했지."

"바보 아냐? 그럼 대체 거긴 뭐 하러 간 거야."

"그러게 말이야. 헛수고했어."

"혹시 첫사랑이라도 있었던 거 아니야?"

유리는 심장이 멈출 것 같았다.

"뭐? 당신은 무슨 말도 안 되는 생각을 하고 그래."

유리는 남편에게 책임 전가를 하고 도망치듯이 휴대 전화를 충전시켰다. 거실 테이블 구석이 유리가 휴대 전화를 두는 곳이었다. 그런 다음 샤워를 하기 위해 욕실로 직행했다. 오늘 밤은 땀을 많이 흘렸다.

마침 그때 선배인 나는 비즈니스호텔 라운지에서 한잔하면서 문자를 보냈다. 그리고 유리의 남편 소지로는 거실 소파에 기대어 캔 맥주를 마시면서 텔레비전을 보고 있었다.

"내게 너는 영원한 사랑이야."

그게 유리의 휴대 전화 대기 화면에 표시되었고 우연히 소지로의 눈에 띄었다. 유리가 현장을 본 건 아니지만, 거실 소파에서도 냉장고 쪽에서도 휴대 전화 화면을 보기 힘들었다. 소지로가 캔 맥주를 하나 더 가지러 가는 타이밍과 우연히 겹치지 않았을까 하는 게 그녀의 추리였다.

어쨌든 소지로는 메시지를 읽고 말았다.

샤워를 하고 있는 유리 앞에 휴대 전화를 손에 쥔 소지로가 나타났다.

"이거 뭐야?"

"뭐?"

"누구야, 이 오토사카라는 놈은?"

"그냥 선배."

"뭐야, '내게 너는 영원한 사랑이야'라는 건."

"나를 언니로 착각하는 거야. 그 사람, 언니 좋아했거든."

"언니와 착각했는지 어쨌는지는 상관없잖아! 과거의 마돈나가 말라비틀어진 아줌마가 됐다면 아무도 이런 메시지를 쓰지 않을 거 아냐! 이 남자는 지금의 당신 얼굴을 보고 이런 쓰레기 같은 메시지를 보낸 거라고! 그게 문제 아닌가? 당신은 어때? 이 사람이 언니를 좋아했다느니 어쨌다느니 그러는데, 당신이 이놈을 좋아한 건 아니고?"

"아니야!"

"또 만나기로 약속하거나 한 건 아니지?"

"안 했어."

"그러니까 동창회에 가지 말라고 했잖아!"

"그런 말한 적 없잖아!"

소지로는 화가 나면 있는 말 없는 말을 마구 쏟아내는 데다 그렇게 되면 도무지 손을 쓸 수 없는 성가신 사람이었다. 하지만 있는 말 없는 말, 마구 내뱉는 말 속에 진실이 있어서 유리는 동요했다.

그 '쓰레기 같은 메시지'를 보낸 사람은 유리의 첫사랑이었다.

소지로는 유령처럼 갑자기 입을 다물고는 고개를 좌우로 갸웃거리며 이해가 가지 않는 듯했지만, 일단 욕실 문을 닫고 나갔다. 안 좋은 예감은 들었지만 평소에는 이대로 수습이 되는 경우도 많았다. 소지로 또한 자신을 어떻게든 억누르려는 노력을 하고는 있어서 이번에도 분명 그럴 거라고 생각했다.

샤워를 끝낸 유리는 침실로 가서 잘 준비를 했다. 소지로는 거실에서 텔레비전을 보고 있었다. 그러고 보니 에이토는 뭐 하고 있을까 궁금해하면서 얼굴에 화장수를 바르고 있는데, 에이토가 와서는 세탁기가 이상하다고 했다. 무슨 말인가 했는데 세탁기가 계속 덜컹거리는 모양이었다.

"세탁기? 세탁기 안 돌렸는데?"

"하지만 덜컹거리는 소리가 계속 나는걸."

대체 무슨 말인지 유리는 갑자기 불길한 예감이 들어서 세면실로 가보았다. 확실히 세탁기가 덜컹거리며 돌아가는 중이었다. 세탁기를 멈추고 뚜껑을 열었지만 거품 탓에 아무것도 보이지 않았다. 일단 물부터 뺐다. 수위가 낮아지다 완전히 없어졌을 때 그제야 유리의 휴대 전화가 모습을 드러냈다. 휴대 전화는 전원을 켜도 꼼짝하지 않았다. 방심했다. 남편은 평소에는 좋은 사람이지만 화가 나면 예측할 수 없는 일을 벌였다. 의사 집안에서 태어난 둘째 아들로 잘난 형에게 매일같이 비교당하며 꾹 참고 살았다고 한다. 본인은 그 후유증 아니겠냐고 나름 분석했다. 아무래도 남편 소지로의 괴물 버튼을 누른 듯했다. 그러나 이런 짓을 당하고 가만히 있을 유리가 아니었다. 이렇게 된 이상 소지로에게 한바탕 퍼붓지 않으면 분이 풀리지 않을 터였다. 거실로 직행해 소파에 누워 있는 소지로와 텔레비전 사이를 가로막고 섰다.

"이게 대체 무슨 짓이야? 휴대 전화에 분풀이를 해서 뭘 어쩌겠다는 거야! 할 말이 있으면 전화가 아니라 나한테 하라고! 이런 물건에다 화풀이나 하고 이상하지 않아? 이 아이가 불쌍하잖아! 세탁기에 집어넣는 건 학대 아냐? 인간이 할 짓이 아니라고!"

유리는 휴대 전화가 마치 귀여운 동물이라도 되는 듯한 말투로 남편의 학대를 강조했다. 남편은 남편대로 순간 욱해서 일을 저질렀다가 이내 자신의 행동을 후회했는지 기운이 쭉 빠진 채 묵묵히 잔소리를 들었다. 남편이 반성한 듯 얌전한 태도로 입을 다물어버린 후에도 유리의 분노는 좀처럼 사그라지지 않았다. 그러다 소지로는 유리가 말하는 도중에 침실로 가버렸다. 이래서는 유리의 분이 풀릴 리 만무했다. 부부 싸움이라는 건 서로 주고받고 부딪힌 다음에 풀리는 법이라 이런 식의 마무리는 좀처럼 개운하지 않다. 어쨌든 휴대 전화는 되돌아오지 않았다. 유리는 기분이 상해 그날 밤은 침실에 가지 않고 거실에서 불편하게 잠을 청했다.

이런 밤에는 신세 한탄을 참을 수가 없다. 왜 이런 인간과 결혼이란 걸 했을까. 부부는 애당초 타인. 어차피 타인이라면 이 세상에서 가장 좋아하는 타인과 살고 싶지 않은가. 왜 그게 이루어지는 사람과 이루어지지 않는 사람이 있는 걸까. 너무나도 불공평하다. 생각이 여기에 미치니 분노로 눈물까지 났다.

다음 날 아침 소지로가 출근한 직후 에이토가 유리에게 종이컵으로 만든 실 전화를 가지고 왔다.

"휴대 전화를 망가뜨린 사과의 의미래."

에이토는 소지로의 말을 충실하게 전했지만 유리는 그걸 소지로의 암묵적인 메시지로 받아들였다. 휴대 전화 금지. 너한테는 실 전화 정도가 어울린다고. 소지로가 하고 싶었던 말은 딱 그거라고. 소지로가 무슨 생각을 하는지 정도는 훤히 알 수 있었다. 왜 이렇게 한심한 인간과 결혼했을까. 싸울 때마다 드는 생각이었다. 하지만 화해한 뒤에는 왜 그런 사소한 일로 싸웠는지 이유조차 기억나지 않을 만큼 제자리로 돌아왔던 두 사람이었다. 이번에도 분명 그 정도일 것이라며 다소 어설프게 생각한 게 잘못이었다.

유리는 센다이가쿠엔대학 도서관에서 일했다. 월요일부터 금요일 오전 아홉 시부터 오후 두 시까지 다섯 시간. 예전에는 다른 도서관에서 일했는데 결혼할 때 그만두었고, 소요카가 중학생이 되었을 무렵 파트타임으로 다시 시작한 일이었다.

점심때 유리는 선배에게 한 통의 편지를 썼다.

오토사카 교시로에게

불평하고 싶지는 않지만 모두 네 탓이야. 네가 갑자기 그런 문자를 보내서 휴대 전화 화면에 뜬 걸 남편이 봤어. 때문에 남편이 나와 너의 사이를 오해하고 말았어.

화가 난 남편이 휴대 전화까지 부수고 말았지. 더는 전화를 쓸 수 없게 되었고 통화 내역, 친구 연락처 등 모든 게 다 사라졌어. 우리 남편은 화가 나면 스스로를 제어할 수 없기 때문에 곤란하거든. 게다가 온라인 보안 관련 엔지니어라 무슨 짓을 할지 알 수가 없어. 이미 네 집을 찾아서 네 컴퓨터를 해킹하고 있을지도 몰라.

그 뒤로도 또 문자를 보내거나 했어? 뭔가 보냈다면 미안하지만 읽지 못했어. 그 말만은 전하고 싶어서. 그게 신경이 쓰였거든. 미안해. 뭔가 일방적인 편지라서. 답장은 필요 없어. 이쪽 주소는 안 적고 보내는 걸 이해해줬으면 해. 그런데 어제는 정말 오랜만이라 반가웠어. 소설은 어떤 소설을 써? 종류가 많잖아. 문학? 추리 소설? 판타지 소설? 언젠가 만날 기회가 있다면 알려줬으면 해.

내용이 정신없네. 미안해. 건강히 잘 지내.

　　　　　　　　　　　　　　　　도노 미사키가

유리는 완성된 편지를 봉투에 넣고, 받는 사람의 이름을 쓰고, 매점에서 우표를 사서 붙여 우체통에 넣었다. 이렇게 수고롭게 누군가에게 편지를 써서 보낸 게 대체 얼마 만인지.

이 편지를 받은 나는 왜 유리가 네 흉내를 내는지 신경이 쓰여서 견딜 수가 없었다. 실로 애가 말라서 속이 타들어가는 것 같았지만, 결론적으로 유리 입장에서 악의는 없었다.

게다가 나는 네 죽음에 대해 전혀 알지 못했다. 내 머릿속에는 어떻게 하면 너를 다시 만날 수 있을까, 하는 생각밖에 없었다.

오토사카 교시로에게

오늘 아침에 그 얘기로 다시 불이 붙어서 부부 싸움을 벌이고
말았어. 대체 이게 무슨 일인지. 그런 일이 있었다는 사실만
일단 알리고 싶어서. 편지는 이번이 끝이야. 건강히 잘 지내.

도노 미사키가

이 두 번째 편지에는 '부부 싸움이 벌어졌다'고밖에 적혀 있지 않았지만 어떤 일이 있었는지 나중에 유리로부터 상세히 들을 수 있었다. 유리가 첫 번째 편지를 우체통에 넣은 다음 날 아침 남편 소지로가 식탁에 앉았을 때의 일이었다.

"여봐란듯이 이게 뭐야! 이딴 거 빨리 버려!"

소지로가 갑자기 외쳤다. 그의 시선 끝에는 유리의 휴대 전화가 있었다. 테이블 위 항상 놓아두는 자리에 충전 중이었는데, 유리는 휴대 전화를 거기에 둔 기억이 없었다. 에이토에게 물어보니 휴대 전화를 충전하면 살아날지도 모른다는 생각에 에이토가 그렇게 했다는 게 아닌가. 소지로는 그런 게 가능할 리 없다며 씩씩거렸고 유리도 동감이었다. 그런데 세 명이 보고 있는 앞에서 휴대 전화가 부르르 진동하며 화면이 부활했다. 소지로의 얼굴이 굳었고 유리와 에이토는 환희했다. 하지만 다음 순간 선배의 새로운 문자가 도착하고 말았다.

"아직도 당신을 사랑합니다."

유리는 온몸에서 핏기가 사라지는 듯했다. 남편을 흘긋 보니 넋이 나간 얼굴로 휴대 전화 화면을 응시하고 있었다. 그러더니 갑자기 손을 뻗어 휴대 전화를 집어 들고 베란다 쪽으로 걸어갔다.

남편은 베란다 새시를 열고 일단 돌아오더니 방에서부터 힘껏 도움닫기를 해서 휴대 전화를 멀리 던지며 외쳤다.

"애당초 이딴 걸 만든 놈이 나쁜 거야!"

유리는 깜짝 놀라 베란다 쪽으로 뛰어갔다. 휴대 전화는 아파트 주차장에 떨어진 것 같았다.

"남의 차에 떨어지기라도 했으면 어떡해!"

"그럼 차를 만든 놈이 나쁜 거지!"

소지로 상태가 좀 이상해졌다. 이쯤 되면 말이 통하지 않는다. 유리는 서둘러 주차장으로 향했다. 에이토가 속없이 즐거운 듯 뒤를 따랐다.

주차장에 도착한 둘은 땅에 떨어진 휴대 전화를 찾았다. 유리가 허리를 숙여 땅을 훑으며 휴대 전화를 찾고 있을 때 에이토의 목소리가 들렸다. 에이토의 손가락이 가리키는 방향을 본 유리는 아연실색했다. 벤츠의 앞 유리가 깨졌고 휴대 전화는 뒷좌석 바닥에 떨어져 있었다.

유리와 에이토가 마주 보고 어쩔 줄 몰라 하는데 소지로의 모습이 보였다. 그런데 이쪽으로 올 줄 알았던 소지로가 유리를 무시한 채 아무렇지 않게 출근을 하러 가는 것이었다. 유리는 소지로를 쫓아가서 멈추어 세웠다.

"기다려! 벤츠 유리창이 깨졌잖아!"

“난 몰라.”

“당신이 던졌잖아! 이리 좀 와봐.”

“이 손 놔. 지각한단 말이야.”

“내가 목격자야! 현행범이라고!”

“남편을 범인 취급하는 거야? 그럼 당신은 뭔데? 불륜죄로 무기 징역이다!”

역시 말이 통하지 않았다.

“부탁이니 날 화나게 하지 마!”

소지로는 유리의 손을 뿌리치며 소리를 빽 지르고는 그길로 출근해버렸다.

유리는 포기하고 에이토와 함께 1층 관리실로 가서 관리인에게 벤츠 주인이 누구인지 물었다.

“무슨 일이죠?”

“아니, 그게 좀.”

그러자 에이토가 끼어들었다.

“죄송해요! 제가 차 유리를 깼어요!”

“어허, 거참. 잠깐 기다려라. 지금 전화해볼 테니까.”

관리인은 벤츠 주인에게 전화를 걸었다. 그러는 사이 유리가 에이토의 팔을 잡아끌며 귓가에 대고 따졌다.

“방금 그 거짓말은 뭐야? 쓸데없는 일은 안 해도 돼.”

“괜찮아. 어차피 난 여기 아주 잠깐만 있을 건데 뭐. 이모네 탓이 돼버리면 앞으로 여기서 사는 게 좀 그렇지 않을까?"

고맙다는 생각이 들면서도 에이토의 어른스러운 발상에 소름이 돋았다. 덜렁거리는 소요카와는 천지 차이였다. 대체 어떤 일들을 겪었기에 이렇게 나올 수 있는 건지 에이토가 짠하기도 했다.

"그렇다고 너한테 죄를 뒤집어씌울 수는 없어. 주인이 오면 내가 제대로 설명할 테니 쓸데없는 거짓말은 하지 마."

유리는 에이토에게 그렇게 말하고는 차 주인이 오기를 기다렸다.

"그이도 다른 사람에게 혼 좀 나야 해. 차주에게 부탁해서 그 사람한테 한마디해달라고 해도 되고."

유리는 차 주인을 기다리면서 그런 말을 하는 여유까지 보였다. 하지만 현장에 나타난 차주는 건실한 직업에 종사하는 것으로는 보이지 않는 풍모의 거한이었다. 그는 차를 보자마자 살기등등한 기세로 욕을 하기 시작했다. 유리는 겁에 질려 목소리조차 나오지 않았다. 다른 건 몰라도 일단 한몫 단단히 뜯기게 될 건 분명했다. 그때 에이토가 갑자기 소리 높여 울었다.

"죄송해요. 죄송해요! 일부러 그런 게 아니에요! 정말 죄송해요!"

관리인이 이 아이가 그런 것 같다고 설명했다. 차주도

우는 아이에 마음이 약해졌는지 쭈뼛거리며 에이토를 달래기 시작했다. 결국 관리인의 중재로 수리비를 유리 쪽 보험으로 해결하는 것으로 원만하게 마무리했다. 받은 명함에는 센다이 체육 대학 교수라 적혀 있었다.

결론적으로 에이토의 도움을 받은 모양새가 되었다.

그건 그렇고 선배의 조심성 없는 문자 때문에 엄청난 꼴을 당하고 말았다. 그것만은 알려야겠다는 생각에 유리는 바로 전날 한 통의 편지를 보냈음에도 다시 펜을 들었다. 이번에는 이 사태의 전말을 적고 싶었다. 실제로 그렇게 쓰기도 했다. 하지만 수리비 부분은 당신 때문이니 돈을 내놓으라고 말하는 것 같아 삭제하고, 지극히 간결하고 추상적인 내용으로 정리해 우체통에 넣었다.

오토사카 교시로에게

오늘 아침에 그 얘기로 다시 불이 붙어서 부부 싸움을 벌이고 말았어. 대체 이게 무슨 일인지. 그런 일이 있었다는 사실만 일단 알리고 싶어서. 편지는 이번이 끝이야. 건강히 잘 지내.

도노 미사키가

유리의 수난은 이것으로 끝나지 않았다. 며칠 후.

오토사카 교시로에게

우리 집에 큰 개 두 마리가 생겼어. 남편이 나보고 이 개들을 키우라는 거야. 아마도 벌이겠지. 너를 비난하고 싶지는 않지만 알고는 있어야 할 것 같아서. 미안해. 이제 편지는 쓰지 않을게. 이 편지도 무시해줘.

도노 미사키가

너를 연기하는 유리가 보낸 편지의 내용은 짧았지만 나중에 그녀에게 들은 이야기에 따르면 경위는 다음과 같았다.

소지로의 지인 중에 부인이 개나 고양이를 입양시키는 봉사 단체에 소속된 사람이 있었는데, 어느 날 급히 대형견 두 마리를 맡아줄 사람을 찾게 되었다. 원래 주인은 애덤이라는 외국인으로, 기타야마의 큰 집에서 대형견을 길렀다. 그런데 본국의 주식 거래에 실패해서 모든 걸 처분하게 되었다.

외국인은 봉사 활동을 하는 지인의 부인과 아는 사이로 처음에는 한 마리당 100만 엔에 사지 않겠느냐고 제안했지만 부인이 받아들일 수 없다고 거절했다. 이 외국인은 그 후 다른 판매처를 수소문했고 한 마리당 50만

엔에 사겠다는 사람이 나타났다. 그러나 거래일이 가까워졌을 때 갑자기 연락이 끊겨버렸고, 그 외국인이 다시 부인에게 연락해 울며 매달렸다는 것이다. 출국할 날이 얼마 남지 않아서 부인도 어쩔 수 없이 나토리시에 있는 한 단체의 시설에 개들을 맡겼다. 누구 부인이냐고 물었더니 어쩌고저쩌고 하는 안마사의 부인이라고 했다. 그 사람과는 대체 어떻게 알게 되었냐고 하니 페이스북 친구란다. 애당초 직접 부탁받은 것도 아니고 타임 라인에서 안마사의 글이 눈에 띄었을 뿐. 소지로가 페이스북 글에 답신만 하지 않았더라면 집에 올 일이 없었던 개들이었다.

견종은 보르조이였다. 놀아달라며 소지로의 얼굴을 핥으려고 뒷발로 일어서면 키가 180센티미터인 소지로보다도 더 컸다. 인간보다 거대한 이 생물들은 체중이 40킬로그램 정도로 두 마리 합쳐 80킬로그램이나 되었다. 이 녀석들이 체중을 실어 밀어붙이거나 뒷발로 서서 안기거나 하면 소지로조차도 버티지 못하리라. 봉사 단체의 직원 말로는 이 거대한 개들을 매일 두 시간 정도 산책까지 시켜야 한단다.

"이렇게 큰 개를 기르다니 말도 안 돼! 제발 돌려보내. 어차피 개를 돌봐야 하는 건 나잖아."

"아니. 나도 도울게. 가끔은."

에이토는 유리의 속도 모르고 기뻐했다. 그러고는 말 타듯이 개 등에 타려고 했지만 개들은 호락호락하지 않았다.

일단 셋이서 개를 산책시켰다. 아직 익숙하지 않아서 목줄을 꼭 붙들었다. 근처 공원에 개 전용 놀이터가 있다는 사실이 생각나서 거기까지 데려가 목줄을 풀어주었다. 두 마리 모두 신나서 놀이터 안을 뛰어다녔다. 속도가 엄청났다. 마치 말이 달리는 듯했다. 소지로도 깜짝 놀랐다.

에이토가 위키피디아에서 검색했다.

"보르조이는 러시아어로 '민첩하다'는 뜻이래. '주행 속도는 시속 50킬로미터'라고 적혀 있어. 시속 50킬로미터가 어느 정도야?"

"거의 자동차네. 소형 오토바이라면 완전히 속도위반인걸."

소지로가 말했다.

"우와, 카피바라도 시속 50킬로미터래! 말도 안 돼! 우사인 볼트가 100미터를 9초에 달려도 시속 40킬로라는데. 인간은 엄청 느리구나."

"지금은 뭐든 휴대 전화로 검색하면 바로 알 수 있나 봐. 굉장하구먼!"

소지로는 위키피디아에 감탄했지만 유리는 등골이 오

싹했다. 이런 대형견 두 마리가 집 안을 시속 50킬로미터로 달린다는 생각만으로도 끔찍했다.

개들은 두 시간을 뛰어다니며 놀다가 지쳤는지 잔디 위에 드러누워 꿈쩍도 하지 않았다. 간신히 개들을 일으켜서 집까지 데리고 돌아왔더니 이번에는 집 안을 정신없이 휘젓고 다녀서 임시방편으로 소요카의 방에 가두어두었다.

"제발 좀 돌려주고 와!"

유리가 울며 애원했지만 소지로는 고집을 부리며 듣지 않았다. 그러고는 자기 서재로 도망쳤다. 반대로 에이토는 소요카의 방에 들어간 채 나오지 않았다. 아마 개들과 놀고 있을 것이다. 에이토는 개 두 마리에게 보르와 조이라는 이름을 붙여주었다. 보르조이라는 품종명을 쪼갰을 뿐인 센스 없는 이름이었다. 온몸이 새하얀 녀석이 보르고, 머리가 작고 회색인 녀석이 조이였다. 휴대 전화 게임에 빠져 있는 것보다는 낫다 생각해서 유리는 일단 참기로 했다.

에이토가 소요카의 방문을 열어둔 탓에 개들이 거실로 나왔다.

"에이토! 얘네들 나왔잖아! 어서 데리고 들어가!"

그러자 에이토는 "이 녀석들, 얌전해." 하면서 방에 데리고 들어가지 않았다. 개들은 소파에 누워 있던 유리 근처로 와서 기대듯이 앉더니 얌전해졌다.

머리를 쓰다듬어주니 기분이 좋은 듯 눈을 가늘게 떴다. 그런 개들의 모습을 보고 있자니 귀엽게도 느껴졌다. 그렇다고는 해도 집 안을 돌아다니는 개들의 존재감은 어마어마해서 집에서 자전거를 타고 돌아다니는 것 같은 힘이 느껴졌다. 두 마리가 동시에 뛰어다니기라도 하면 아늑했던 예전의 집이 아닌 남의 집 같았다.

소지로가 말한 지인의 부인이 소속된 단체를 인터넷으로 찾아보았다. 의외로 제대로 된 단체인 듯 귀여운 일러스트가 들어간 번듯한 홈페이지까지 존재했다. 사이트에 개 입양 절차가 안내되어 있었다. 그중 예비 조사 항목이 있었다. 개들을 제대로 기를 수 있는 집인지 아닌지 확인하는 과정인 듯했다. 유리는 자신도 모르는 사이에 그 사람들이 예비 조사를 하러 집까지 왔다고 생각하니 소름이 끼쳤다. 그렇지만 더 소름 끼치는 건 소지로의 용의주도함이었다.

오토사카 교시로에게

시어머니가 잠시 우리 집에서 같이 살기로 했어. 이것도 분명 남편의 벌이야.

너한테 뭐라 하고 싶지는 않지만 하다못해 아주 작은 고통 정도는 함께 느꼈으면 해. 휴대 전화가 없는 게 이리도 힘들 줄은 몰랐어. 다른 사람들에게 연락할 길이 없다니까. 스트레스가 쌓여서 폭발할 것 같아. 휴대 전화가 없던 시절의 인류는 대체 어떻게 스트레스를 풀었을까. 주부의 스트레스 해소에 함께해줘서 고마워. 읽었으면 버려줘. 더는 쓰지 않을게.

도노 미사키가

소지로의 어머니 아키코가 아무런 예고도 없이 찾아온 건 개들이 집에 온 지 사흘째 되던 밤이었다.

"어머나, 어머님. 갑자기 어쩐 일이세요."

"근처에 볼일이 있어 왔다가 들렀다."

아키코가 신발을 벗고 자기 집인 양 들어오자마자 보르와 조이가 영역을 침범당했다고 느꼈는지 달려와서 짖어댔다. 처음 보는 대형견의 마중에 아키코는 깜짝 놀라 소리를 질렀다. 비명 소리에 놀란 개들은 흥분해서 더욱 세차게 짖었다. 이 소동에 소지로와 에이토가 방에서 뛰쳐나왔다.

"어라? 어머니! 웬일이에요?"

"아이구 무서워라. 아이구 무서워라! 이 개 좀 어떻게 해봐라!"

아키코는 도망칠 곳을 잃고 벽에 기댄 채 반쯤 정신이 나간 상태였다. 유리는 개들의 목줄을 잡고 일단 소요카의 방에 가두었다.

"대, 대체 이게 무슨 일이니? 저 개들은 다 뭐고?"

"남편이 봉사 단체에서 데려왔어요."

"아, 그랬구나. 소지로는 옛날부터 심성이 참 착했지. 실험 쥐를 못 죽여서 의사가 되는 걸 포기했을 정도니까. 아, 언니 장례식에 참석 못해 미안하구나. 자, 이건 소요카 선물."

아키코가 봉투에서 양과자점 선물 박스를 꺼내 거실 테이블 위에 놓았다.

"소요카는 지금 제 친정에 있어요."

"어머, 그러니? 어라? 아까 내가 왔을 때 누가 있었던 것 같은데 그건 누구야? 소요카 아니었어? 그러고 보니 남자아이 같았는데."

"언니네 둘째가 놀러 와 있어요."

"뭐? 걔는 어디 있니?"

유리는 에이토의 이름을 불렀지만 나오지 않았다. 그러자 아키코가 직접 침실이며 서재를 돌아다니다 금방 돌아왔다.

"안에서 휴대 전화 보고 있더라."

"아, 네."

"그 나이에 엄마가 죽어서 참 안됐어. 뭐라 해줄 말이 없구나."

아키코는 거실 소파에 앉아 소요카를 위해 가져온 선물을 집어 들었다. 아키코는 큼직한 슈크림 하나를 금세 해치웠다.

"어머, 어머님. 배고프세요? 뭐라도 드릴까요?"

"아니. 됐다. 많이 먹었어."

그렇게 말하며 슈크림을 두 개째 입에 넣었다.

"어머님, 오늘은 무슨 일이에요?"

"오늘 동창회가 있었거든."

"동창회요?"

"응. 대학교 동창회. 동창회라 해봤자 여섯 명밖에 모이지 않았지만. 그래도 참 반갑더라."

유리에게는 다소 껄끄러운 화제였다. 이때를 놓칠 소지로가 아니었다.

"그러고 보니 이 사람도 얼마 전에 동창회가 있었어요."

"어머, 그래!"

"첫사랑은 만났어요?"

"호호. 그런 사람이 있을 리가. 여대였는데."

어머니는 아들의 눈이 전혀 웃고 있지 않다는 사실을 알아차리지 못했다. 속없이 부끄러워하는 어머니 앞에서 소지로가 아내를 비꼬았다.

"당신은?"

"뭐?"

"첫사랑 만났어?"

"그게 무슨 소리야?"

"동창회 말이야."

"안 만났어."

두 사람 사이에 긴장감이 흘렀다. 유리는 다시 싸움이 시작될지도 모른다는 생각에 마음의 준비를 했다. 한번 불이 붙으면 멈추지 않는 남편이었다. 하지만 의외로 소지로는 일단 공격을 멈추는가 싶었는데 아니나 다를까 어머니 쪽을 보고 계략을 펼치기 시작했다.

"어머니, 오늘은 어쩌실 거예요? 여기서 묵고 가세요. 가끔은 그것도 괜찮지 않나요?"

"어머나. 그렇다면 네 말대로 할까? 이쪽에 올 일은 잘 없으니까."

"그러면 아예 일주일 정도 지내다 가세요."

그런 식으로 나왔다 이거지. 걔들, 그다음은 시어머니라. 이 또한 나에게 내리는 벌인가. 유리의 스트레스는 폭발 직전이었다.

유리의 시어머니 아키코는 태평양 전쟁 직후에 태어났음에도 전쟁 전과 다름없는 유복한 가정 환경에서 자랐다. 그 상징적인 존재가 바로 아키코의 유모인 기쿠였다. 아키코도 소지로도 기쿠의 손에서 자랐다.

아키코의 아버지는 메이지 시대에 태어난 외과 의사로 기타센다이에 병원을 열고 크게 키운 인물이었다. 아이도 많이 낳았는데, 아키코는 아버지가 손주를 본 이후에 태어난 늦둥이로 어렸을 때부터 유모 기쿠가 모든 걸 대신해주었다.

아키코는 센다이아오바 여자 대학을 졸업하자마자 아버지가 후계자로 점찍은 젊은 외과 의사와 결혼했다. 하지만 기쿠는 그 후에도 아키코에게서 한시도 떨어지지 않고 식사 준비부터 청소, 세탁, 때로는 목욕 중인 아키코 남편의 새 속옷 준비까지 많은 일을 해주었다. 처음에 아키코의 남편은 거북한 기색이었지만, 언제부터인가 목욕 후에 알몸이 보여도 신경 쓰지 않을 정도로 익숙해졌다. 그 무렵 큰아들이 태어나고, 그로부터 2년 후에 딸이 때어나고, 다시 3년 후에 유리의 남편인 소지로가 태어났다.

세 남매 모두 기쿠에게 귀여움을 받으며 자랐다. 특히 막내인 소지로가 기쿠를 가장 잘 따랐다. 기쿠가 죽었을 때 소지로는 열여덟 살이었는데 울면서 관에 달라붙어 떨어지지 않았을 정도였다. 아버지가 돌아가셨을 때 소지로는 기쿠 때처럼 눈물이 나오지 않는다며 아쉬워했고, 어머니가 돌아가셔도 분명 그렇게까지 울지는 못할 거라고 투덜댔다. 기쿠가 없으니 가족들의 관계가 점차 소원해졌다. 원래 좋지 않았던 사이가 겉으로 드러난 것이라고도 할 수 있었다. 아키코는 병원을 물려받은 큰아들과 함께 살았는데 큰며느리와 사이가 별로 좋지 않았다. 거기다 딸과의 사이는 최악이었다. 자유분방한 성격의 딸은 의사의 세계와는 전혀 관련이 없는 경영 컨설턴트와 결혼했다. 그러다 자신의 바람기가 원인이 되어 이혼했고, 다음에는 멀티 디자이너와 재혼했지만 또다시 바람을 피워 이혼하고 말았다. 세 번째 남편과의 사이에서 아이를 둘 낳았지만 딸의 바람기는 끊이지 않았다. 기시베노 가문은 이런 딸을 완전한 남처럼 배척하고 있어서 소지로의 아버지가 돌아가셨을 때조차 딸에게 연락을 하지 않았다고 한다.

유리는 기시베노 가문의 가족사에는 전혀 관심이 없었으나 아키코가 매일같이 옛날이야기를 늘어놓는 바람에 완전히 꿰게 되었다. 유리는 듣고 싶지 않은 이야기를 들어야 하는 데서 오는 스트레스를 분출하기 위해 나에게까지 편지로 써서 보냈다.

……시어머니와 함께 있으면 이런 식으로 알고 싶지 않은 시댁 정보를 쓸데없이 너무 자세히 알게 돼. 그래서 당신에게도 조금 나눠줄까 하고. 이런 이야기는 전혀 즐겁지 않지? 나는 이런 뒷이야기나 불평을 모처럼의 일요일에

끊임없이 들어야만 해. 시어머니는 왜 그런 끝도 없는 이야기를 하는 걸까. 들을 마음이 있는지 없는지 상대의 의사도 확인하지 않고 말야. 친구와 온천에 갔다든가, 전통가요 가수 콘서트에 갔다든가 하는 몇 십 년 전의 이야기를 왜 그렇게 모조리 전달하려는 건지. 끊임없이 이야기하는 와중에 전병이며 과자며 과일을 어쩜 그리 계속 먹을 수 있는 건지. 게다가 삼시 세끼를 꼬박 챙겨 먹고, 아침부터 소고기 좀 구워달라고 해서 꽤 많은 양을 구워드리는데 하나도 안 남기고 깨끗하게 해치우는 건지. 시어머니는 하나부터 열까지 뭐랄까 괴이해.

미안해. 오늘 내 정신이 좀 불안정한가 봐. 스트레스가 심해. 개를 돌보는 것도 시어머니 시중을 드는 것도 스트레스인데, 무엇보다 휴대 전화를 쓸 수 없다는 게 가장 큰 스트레스야. 엄지손가락이 문자를 찍고 싶어서 근질거리고, 알아보고 싶은 게 있어도 검색을 할 수가 없어! 이거 엄청난 스트레스라고. 현대인에게 이런 생활은 절대 불가능해. 이것도 다 네 탓이라고는 안 하겠지만 조금이라도 공감해준다면 좋겠어.

그렇다 해도 이런 편지를 계속 쓰는 건 좀 별로겠지. 어찌 보면 행운의 편지보다 악질이고. 이번이 마지막이야.

도노 미사키가

이번이 마지막이라고 했던 유리는 바로 또 편지를 보냈다. 갑자기 휴대 전화를 잃어버려서 SNS를 빼앗긴 현대인의 패닉 증상인 건가. 확실한 점은 스트레스 배출구가 모조리 나에게 집중되어 있다는 것이었다.

오토사카 교시로에게

결혼이란 대체 뭘까. 대체 무엇을 위해 존재하는 건지. 잘생긴 남자와 결혼했다면 조금은 달랐을까? 우리 남편은 잘생김과는 거리가 멀어. 거기다 뚱뚱하게 살찐 뒷모습을 보고 있으면 왜 이런 사람이 내 생활 한가운데에 있는지 이상하게 생각될 때가 있어. 애당초 완전히 남남이었던 두 사람을 연결시켜주는 게 사랑이잖아? 더구나 이 사랑이라는 건 갈수록 맹목적으로 변해가잖아? 그러니까 마마 흉터를 보조개로 착각하는 상태인 단계로 넘어가고. 무슨 스위치가 켜진 것처럼 그 사람과 함께 있는 것 말고 다른 건 생각할 수 없게 되어 다른 사람에게는 전혀 관심이 안 생기는 그런 일 말이야. 남자들에게도 흔한 경험이잖아? 이렇게 되면 안심하고 결혼이든 뭐든 할 수 있게 돼서 정신을 차렸을 무렵에는 아이까지 생겨 있고. 그러다 보면 이번에는 아이가 사랑스러워지고. 인간이란 참으로 바쁜 것 같아. 남편을 싫어하지는 않아. 오히려 나를 안심시켜주기도 해. 하지만 부부 싸움이라도 했을 때는 새삼 남편이 타인임을 느껴. 아, 원래는 생판 남이었지, 하면서.

귀여운 고양이가 갑자기 하악질을 하며 발톱을 세울 때가 있잖아? 애지중지 키우는 고양이도 원래는 야생 동물이지만 내 앞에서는 여우 짓을 하는 거라고 생각한 적이 있는데, 딱 그 느낌이야. 아아, 남. 생판 남. 그런데 이런 사람이랑 왜 함께해야 하는지 너무 허무해.

아내에게 남편이란 뭘까? 남편이란 대체 뭘까?

남편.

남의 편이라는 말이 딱 맞아.

남편을 뜻하는 지아비 부(夫) 자는 또 뭐야! 사람 인(人)에 틀렸다는 표시로 줄 두 개를 쭉쭉 그은 것 같잖아. 사람이 아니라는 건가? 인간 같지도 않은 존재가 바로 남편? 진절머리가 나네. 남편이 저주 의식에서 쓰는 지푸라기 인형처럼 보이기 시작했어. 대체 난 뭐랑 같이 사는 걸까?

⋯⋯이런 얘길 쓰니 왠지 속이 좀 시원하네!

기분 전환용으로 이런 글을 쓸 수 있는 SNS에 지금까지 큰 도움을 받았었나 봐. 그렇지만 이제는 SNS를 할 수 없으니 너한테 쓰는 수밖에. 아, 이게 다 너 때문이야.

하지만 네 탓으로 돌리려 치면 끝도 없을 테니 이번이 정말로 마지막이란 생각으로 편지를 써.

물론 무슨 일이 생기면 또다시 편지를 쓰게 될지 모르지만, 일단 더는 쓸 게 없으니 여기까지. 미안해.

도노 미사키가

유리의 스트레스가 상당한 모양이었다. 스트레스의 폭발이 머지않아 보였다.

한편 그녀에게는 미안하지만 나는 그녀가 보낸 편지를 흥미로운 마음으로 읽었다. 내용이 재미있었다기보다는 주부의 본심을 있는 그대로 관찰할 수 있어서 작가로서는 이 또한 하나의 작품 소재가 될지도 모른다는 속셈이 있었다. 이때부터 이미 이 일련의 사건들을 소설의 소재로 생각하고 있었던 것 같다. 아니다. 돌이켜 보면 유리가 네 연기를 하며 동창회에 나타난 때부터 작가 스위치가 켜진 듯하다.

오토사카 교시로에게

이번에는 시아주버님 부부가 갑자기 찾아왔어. 손위 동서
가 어젯밤에 문자를 보낸 것 같은데, 나는 휴대 전화가 없
으니 알 수가 없잖아? 냉전 중인 남편은 나에게 일언반구
말도 없고. 청소도 안 했는데 갑작스런 방문이라니. 흰머
리가 늘 것 같아…….

소지로의 형인 고이치로는 가업을 이어받은 외과 의사였다. 형의 아내인 치즈루는 내과 의사로 고이치로와 함께 병원을 운영 중이었다. 어머니 아키코가 잠시 동생 부부네 집에 머문다는 말을 듣고 형 부부가 찾아온 것이었다.

"어머님, 잘 지내셨어요? 어머님이 안 계시니 집이 너무 적적해요."

"공치사는 됐다. 속 시원할 텐데 뭐."

아키코가 비꼬았다.

"아니에요. 무슨 말씀을 그렇게 하세요! 대화 상대가 없어서 정말 쓸쓸하다고요. 혈압은 제대로 재고 계신가요?"

치즈루가 말했다.

"소지로가 커다란 개 두 마리를 데려와서 말이지. 유리가 그 개들을 돌보느라 많이 힘들어해서 대신 내가 요리하는 걸 도와줬다."

하지만 유리는 아키코의 도움을 받은 기억이 전혀 없었다.

"개 사진 봤어. 소지로, 그 개는 너무 크더라. 케어하는 게 보통 일이 아닐 텐데."

고이치로는 항상 소지로를 가르치려 들었다.

소지로도 어렸을 때부터 의사의 길을 강요받아 실제로

의대에 진학하기도 했다. 하지만 실습 때 실험용 쥐를 죽이지 못해 의사라는 직업을 단념하고 말았다. 안타까워하는 가족들에게 "나는 컴퓨터 의사가 되겠어."라고 선언하고, 그 말을 실천에 옮겨서 현재는 그걸로 먹고사는 중이다. 소지로의 인생은 의도치 않게 가족에 대한 좌절과 복수로 점철되었다. 소지로의 이런 행보는 가족 간의 불화를 부추기는 요인 중 하나였다.

"일이 이렇게 됐으니 말하는데, 가능하면 어머니가 우리 집에 더 있었으면 해요. 이 사람도 어머니한테서 정말 큰 도움을 받고 있으니까."

소지로의 말에 유리는 아연실색했다. 사전에 전혀 들은 바 없는 이야기였다.

"소지로, 아무리 그래도 실제로는 제수씨가 힘들 거다. 어머니가 요리하는 걸 도와준다고 하셨지만 어차피 접시 날라주는 정도일 텐데. 요리도 청소도 빨래도 해본 적 없는 분 아니니."

"알아."

형제는 어머니의 거짓말을 이미 알고 있었다.

"하지만 전부터 형과 형수님께만 맡기는 게 마음에 걸렸어. 아버지 돌아가신 지 벌써 10년이잖아. 그 뒤로 아무런 의논 없이 줄곧 형이 어머니를 모셨고."

"우리는 도우미 이모님도 있으니 신경 안 쓰셔도 돼

요."

치즈루가 말했다.

"그래. 우리가 어머님을 일일이 보살피거나 하는 건
아니야."

고이치로가 말했다.

"형, 그러면 애들 여름 방학 때만이라도 어떨까?"

"그래? 네가 정 그렇다면 잠시 신세 좀 질까."

아키코가 말했다.

어머니와 동생이 이렇게까지 말한다면 고이치로 부부
도 딱히 거절할 이유가 없었다. 이런 연유로 아키코는 일
단 여름이 끝날 때까지 유리와 함께 지내게 되었다. 에이
토는 일의 경위를 아유미와 소요카에게 보고하면서 다음
과 같은 소감도 남겼다.

"적의 함정에 완전히 빠져버린 거야. 분명 할머니는 이
모부에게 그렇게 말하라고 시켰을 거야. 형 부부 집에서
의 대우에 불만이 꽤 컸겠지. 남에게 다 시키는 사람이니
까. 가정부도 일이니까 하지 가족 같은 애정을 갖고 할머
니를 대하진 않았을 거고."

"그런 걸 네가 어떻게 다 알아?"

"사실 이모가 밤이면 밤마다 이모부에게 그렇게 불평
했거든. 어쩌다 들었을 뿐이야. 벽이 얇아서 안 들으려 해
도 들리더라고."

"할머니가 시켰다면 아빠도 거절하기 힘들었겠네."

소요카가 말했다.

"그뿐만이 아니야. 이건 벌이야."

"벌?"

"이모부가 이모에게 내리는 벌. 동창회 이후 두 분의 관계가 최악으로 치닫고 있거든."

"그게 동창회랑 관계가 있어?"

"물론이지. 이모는 사랑에 빠졌으니까."

"뭐? 잠깐만. 그걸 네가 어떻게 알아!"

"말했잖아. 이 집 벽이 얇다니까. 싫어도 들린다고. 저쪽도 내가 어린애니까 모를 거라 생각하고 신경 안 쓰는 것 같고. 그러다 보니 듣고 싶지 않은 이야기가 계속 들려."

귀찮은 듯이 말하는 에이토였지만 한편으로는 즐기는 것 같기도 했다. 소요카는 얼굴을 찡그렸다. 자기 집 문제가 에이토에게 알려지는 게 그리 기분 좋은 일은 아니었다.

고이치로 부부가 유리네 집을 방문한 이튿날 유리는 차에 조이를 태우고 친정에 갔다. 아유미는 처음 보는 커다란 개에 공포를 느껴 짧게 비명을 질렀다. 소요카는 그렇게까지 무서워하지는 않았지만 쉽게 다가가려 하지 않았다.

유리는 조이를 집 안으로 데리고 들어갔다.

부엌에서 나타난 준코는 아유미의 몇 배나 되는 소리로 비명을 지르더니 혼신의 힘을 다해 도망쳤다. 그 모습을 본 유리와 소요카는 웃음을 터트렸다. 전혀 두려워하지 않았던 건 시력이 안 좋은 고키치였다. 유리의 도움으로 개를 쓰다듬으면서도 어디가 머리고 어디가 꼬리인지조차 잘 모르는 상황이었다. 모두가 조이의 존재에 익숙해지기까지 적어도 5분은 필요했다.

"개가 원래 이렇게 컸나?"

"으, 으응. ……약간은."

"힘들겠다. 그래서 언제까지 맡아달라고?"

"그게……."

"설마 쭉 맡아달라는 건 아니겠지?"

"그게……."

"정말 그럴 생각으로 데려온 거구나."

"그게……."

"그건 안 돼. 네 아빠 눈이 불편해서 그것만으로도 힘든데."

"부탁해요! 이렇게 커다란 개 두 마리를 한꺼번에 키우는 건 무리예요. 산책시키는 것만으로도 죽을 것 같아."

"이 큰 개를 산책까지 시켜야 한다고? 안 돼, 안 돼, 안 돼!"

"그럼 나보고 어떡하라고! 한 마리 정도는 맡아줄 수도 있잖아! 엄마는 딸한테 왜 이렇게 인색해! 구두쇠! 구두쇠!"

"애들처럼 그게 무슨 말버릇이니! 딸 앞에서 부끄러운 줄도 모르고!"

"알 게 뭐야!"

유리는 소파에 누워 어린애처럼 발버둥을 치며 떼를 썼다. 그때 아유미가 갑자기 손을 들었다.

"제가 돌볼게요!"

"뭐? 정말?"

유리가 소파에서 벌떡 일어났다.

"무슨 말이니. 아까는 그렇게 무서워했으면서!"

준코가 얼굴을 찡그렸다.

"이젠 괜찮아요!"

"나도 도울래!"

소요카도 아유미 옆에서 손을 번쩍 들었다.

"소요카, 너는 여름 방학 끝나면 너네 집으로 돌아갈 거잖아."

"우와, 만세 만세!"

유리는 부러 애들처럼 방방 뛰며 절대 준코의 반론을

들지 않겠다는 자세를 취했다. 준코 또한 더는 받아치지 못했다. 아유미가 뭔가에 적극적으로 나서는 모습을 오랜만에 보았기 때문이다.

유리는 바로 아유미와 소요카에게 개를 기르는 데 필요한 기초 지식을 전수한 다음 함께 조이를 산책시키러 나섰다. 처음에 소요카 혼자 목줄을 들었지만 조이가 아무렇지도 않게 소요카를 끌어당기듯 걷는 바람에 중간부터는 아유미도 함께 목줄을 쥐었다. 조이는 서툰 주인을 따르기 싫은지 두 사람을 질질 끌며 앞으로 나아가려 했다.

"너 왠지 기분이 안 좋아 보이네."

유리가 조이의 머리를 쓰다듬었다.

"형제인 보르와 헤어지기 싫었던 게 아닐까요?"

아유미가 말했다.

"그런가. 하지만 이 아이들은 형제가 아닌걸."

"그렇다면 친구."

소요카가 말했다.

유리는 두 아이의 마음에 살짝 감동하면서 그런 생각을 미처 하지 못했던 자신이 한심하게 느껴졌다. 아이들은 형제라든가 친구와의 인연을 중요하게 생각한다. 그러다 어른이 되면 변해버린다. 도대체 어른들은 무엇으로 인간관계를 쌓아가는 걸까.

친정에서 모교인 나카타가이중학교까지 걸어서 10분 거리였다. 운동장에 도착해서 조이의 목줄을 풀어주었다. 목줄이 풀린 조이는 크게 기뻐하며 뛰어다녔다. 유리는 소요카와 아유미를 데리고 교내를 산책했다. 각자 휴대 전화로 마음 가는 대로 사진을 찍었다. 유리는 황폐해진 모교의 모습에 눈물을 글썽였다.

다음 날 유리는 내게 다시 장문의 편지를 썼다.

오토사카 교시로에게

나카타가이중학교에 갔었어. 짱 그립더라. 미안. 다 늙어서 '짱'이라는 말을 써서. 그 정도로 그리웠어.

사진도 찍어서, 프린트해서 보내. 향수를 같이 느꼈으면 해서. 동창회 때 우지이에 선생님도 말씀하셨지만 조만간 철거하나 봐. 정말 안타까워. 우리 모교가 이 세상에서 사라지는 날이 오다니 왠지 충격이야. 생각해보니 신세를 진건 고작 3년밖에 안 되지만 지금 일하는 도서관이 없어지는 것보다 충격이 더 커. 이 도서관에서 일한 지 3년째거든. 그 차이는 대체 뭘까. 내가 이 학교를 다니는 도중에 학교가 없어지는 사태가 발생했다면 그냥 흐음 그렇군, 하고 단순하게 생각했을지도 모르는데. 아마 할머니가 된 다음에 내가 일했던 도서관이 없어진다는 말을 들으면 그때는 애잔한 기분이 들려나. 향수는 그런 건가 봐.

편지가 완전히 일기같이 돼버렸네. 일방통행이라는 게 좋진 않은데. 너에게 제대로 답장이 오면 나도 어느 정도 분위기 파악을 하고, 지금처럼 내가 쓰고 싶은 것만 줄줄 쓰진 않았을 것 같은데. 네가 아무런 답장도 하지 않는 게 문제야. 맞아. 애당초 발단은 너 때문이잖아.

너 때문에 우리 집에 개 두 마리가 왔잖아? 도저히 안 되겠어서 한 마리는 친정집에 맡겼어. 아버지 눈이 좀 안 좋아서 어머니가 아버지를 돌보느라 힘들다는 건 알고 있지만 나도 어쩔 수 없어. 이런 때 기댈 수 있는 데라곤 부모님밖에 없으니까. 인간은 궁지에 몰리면 정상적인 판단을 할 수 없게 되는 것 같아. 눈이 안 보이는 아버지……. 아까는 눈이 좀 나쁘다고 썼지만 실제로는 백내장인가 녹내장이라서 아무것도 안 보이는 거나 다름없다고 봐야 해. 그래서 가사는 전부 어머니 몫이고. 쓰레기 버리기나 목욕탕 청소는 아버지가 했었지만 이제는 할 수 없게 됐으니까. 그런 일까지 늘어나서 어머니가 안 그래도 힘들 텐데. 딸의…….

유리는 거기서 펜을 멈추었다. 어머니는 아버지뿐만 아니라 지난달까지는 언니까지 돌보았다.

아유미는 부지런한 아이라 어머니에게 큰 도움이 되었을 테지만, 그래도 어머니에게 또 다른 부담을 안기게 되었다는 사실에 마음이 아팠다.

그리고 펜을 멈춘 다른 이유가 하나 더 있었다.

"딸의……."

무심코 그렇게 써버렸지만 그건 써서는 안 되는 영역이었다. 부모님이나 남편이나 시어머니나 개에 대한 이야기는 잔뜩 썼지만, 소요카나 아유미나 에이토에 관해서는 한 번도 쓴 적이 없었다. 자기 딸인 소요카를 언니의 딸처럼 쓰거나, 반대로 아유미나 에이토를 제 자식처럼 쓰는 데에는 왠지 모를 저항감이 있었다. 그건 거짓말이자 죄라고 생각되었다. 그 차이는 대체 뭘까. 유리 안에서 이 법칙은 명백히 정리되지 않았다.

유리는 편지를 처음부터 다시 썼다. 오랜만에 나카타가이중학교를 방문했다는 사실을 간결하게 적고 사진을 동봉해 나에게 보냈다. 교정 사진, 건물 사진, 신발장 사진, 계단 사진, 교실 사진. 폐허로 변한 철근 콘크리트 건물에 가슴이 좀 아팠지만 머릿속 기억이 그것들을 그리운 모교로 바꾸어주었다. 사진에는 미사키라고 주장하는 유리의 모습과 개가 이따금 찍혀 있었다. 사진을 찍은 건 누구일까. 아마도 유리의 딸인 소요카나 조카딸인 아유미였을 것이다. 이 두 사람을 찍은 사진도 있었겠지만 그런 사진은 단 한 장도 동봉되어 있지 않았다. 사정을 몰랐던 당시의 나는 그런 점을 이상하게 생각하지 않았을뿐더러 생각이 거기까지 미치지도 못했다. 그때의 나는 오로지 미사키인 척하는 유리의 동기만이 너무나 궁금했다.

왜 유리는 너인 척하는 거지?

혹시 네가 이미 이 세상을 떠난 게 아닐까. 사실 희미하게 그런 상상을 하기도 했다. 추리 소설에서 누군가를 가장한 범인이 있는 경우 살해당한 피해자는 클리셰 아닌가. 《태양은 가득히》의 리플리가 부자 친구를 죽이고 그의 흉내를 내며 타인의 우아한 인생을 구가한 것처럼.

유리의 편지를 읽고 나서 나 혼자만의 상상의 날개를 펼쳤다. 그리고 신기하게도 딱 한 가지는 정곡을 찔렀다. 네가 이미 이 세상에 없다는 부분을.

개에게는 산책이 필수이지만 보르나 조이 같은 종은 더
위에 취약해서 한여름에는 이른 아침이나 저녁 무렵의
시원한 시간대에 산책하는 게 바람직하다. 다행히 에이
토가 아침 산책을 자신이 시키겠다며 적극적으로 나서주
어서 유리에게 큰 도움이 되었다. 보르를 데리고 근처 공
원에 가면 보르의 멋진 풍채에 자연스럽게 사람들이 모
여들었다. 에이토는 유리가 모르는 사이에 공원의 인기

인이 되어 있었다.

일주일 정도 지나자 또래 친구를 집에 데려오기까지
했다. 가토 형제는 그렇게 유리네 집에 온 쌍둥이 형제
였다. 가토 형제네 집은 바로 근처로 유리도 이 쌍둥이를
몇 번인가 본 적은 있지만, 어느 날 갑자기 유리네 집이
제 집인 양 냉장고에서 음식을 꺼내 먹거나 거실에서 텔
레비전 게임을 즐기고 있어 깜짝 놀랐다. 개와 시어머니
사태로 정신적인 한계에 놓여 있었던 유리였지만 이 건
에 관해서는 관대했다. 에이토에게 동네 친구가 생기는
건 유리에게도 고마운 일이었다. 방에서 혼자 휴대 전화
만 보는 에이토를 마냥 내버려두면 안 된다는 생각은 했
지만, 유리 자신의 일만으로도 머리가 복잡해서 좀처럼
에이토를 챙겨줄 시간이 없었다. 사실 처음에는 가토 형
제가 뻔뻔해 보였다. 하지만 시간이 지나면서 오히려 붙
임성이 좋은 것으로 받아들이게 되었다. 게다가 아키코
에게도 서글서글하게 잘 해서 어느 틈엔가 가토 형제가
구세주같이 느껴졌다.

이름이 라임과 카논이라고 했는데, 어느 쪽이 라임이
고 어느 쪽이 카논인지 구별하기 힘들었다. 가토 형제는
에이토와 마찬가지로 초등학교 5학년이었다.

어느 평일 저녁 일을 마치고 돌아오니 에이토가 가토
형제와 거실에서 놀고 있었다. 그런데 아키코의 모습이

보이지 않았다. 에이토는 아키코가 낮에 나갔다 아직 돌아오지 않았다고 했다. 낯선 동네에서 딱히 갈 곳도 없을 텐데 여태 집에 오지 않은 아키코가 걱정이 되었다.

"잠깐 찾아보러 가자."

말은 그렇게 했지만 어디를 어떻게 찾아야 할지 고민될 수밖에 없었다. 그때 가토 형제가 에이토에게 '그것'을 해보라고 말했다. 그게 뭔지 의아했는데, 에이토는 잘 알고 있는 모양인지 내키지 않는 기색으로 종이와 연필을 가져와서 뭔가를 쓰기 시작했다. 동서남북의 지도 같았다. 에이토는 중앙에 10엔짜리 동전을 놓고 손가락을 올렸다.

"고쿠리 씨(혼령을 불러 점을 치는 놀이 – 옮긴이), 고쿠리 씨, 할머니는 어디 가셨니?"

그러자 세 명의 손가락이 남서쪽 방향으로 천천히 움직였다. 유리가 깜짝 놀랐다.

"뭐니 그거? 무슨 장치라도 돼 있는 거 아니야?"

"그런 거 없어. 고쿠리 씨가 저쪽이라고 말할 뿐."

에이토는 별거 아니라는 듯 말했지만 가토 형제는 얼굴을 마주 보며 의미심장한 미소를 지었다.

"하지만 저쪽이라는 것만으로는……."

유리가 말했다.

"보르에게 찾아오라면 하면 어때요?"

가토 형제 중 한쪽이 말했다.

"맞아. 냄새로 알 수 있지 않을까요?"

다른 한쪽이 말했다.

유리는 보르와 아이들을 데리고 아키코를 찾아 나섰
다. 일이 좀 커졌다고 생각했지만 아키코의 행방을 찾는
게 급선무니 일단 남서쪽 방향으로 향했다. 보르에게 아
키코의 신발 냄새를 맡게 하기는 했는데 보르가 냄새를
추적하고 있다기보다는 모두의 보조에 맞추어 그냥 걷는
것처럼 보였다. 애당초 이런 훈련을 받은 개가 아니니 도
움이 되지 않을 것 같았다. 그런데 시간이 지나자 보르가
유리 일행을 이끌듯이 나아가다 결국 산책로 벤치에 앉
아 있는 아키코를 찾아냈다. 결과적으로는 고쿠리 씨도
보르도 정답이었다. 우연이 겹친 건지 뭔지 알 수 없었지
만 그런 건 아무래도 상관없었다. 아키코는 백발의 남자
와 벤치에 나란히 앉아 사이좋게 담소를 나누고 있었다.

"어서 숨어요."

가토 형제 중 한 명이 재촉했다. 유리 일행은 나무 그
늘에 몸을 숨겼다.

"이게 바로 황혼 로맨스라는 건가."

다른 하나가 말했다.

불편한 현장을 목격한 것도 문제였지만 그 현장에 아
이들을 데려간 것도 문제였다.

"무사하시다는 걸 알았으니 이만 돌아갈까?"

유리가 그렇게 말하는 찰나 아이들 사이에 긴장감이 일었다. 돌아보니 아키코가 노인과 벤치에서 일어서는 중이었다. 두 사람은 그대로 유리 일행으로부터 반대 방향으로 걸어가기 시작했다. 노인은 다리가 불편한 듯 지팡이를 짚었다.

"어딜 가는 걸까?"

일이 이렇게 되면 아이들은 사냥감을 발견한 개와 같이 변한다. 보르마저 긴 코를 아키코 쪽으로 향한 채 자세를 잡았다.

"자, 그만 가자!"

유리는 아이들을 데리고 돌아가려 했지만 큰 소리를 냈다가는 아키코에게 들킬 거 같았다. 에이토는 보르의 목줄을 잡은 채 놓으려 하지 않았다. 유리가 할 수 있는 일이라곤 그 자리에 아이들만 두고 혼자 집으로 돌아가는 것밖에 없었다. 하지만 그렇게 하지 못하고 마지막까지 아이들과 함께 아키코와 노인을 지켜보게 되었다.

아키코와 노인은 5분이면 갈 거리를 15분 정도 들여 걸었다. 이쪽은 전혀 눈치채지 못한 듯했다. 두 사람이 도착한 곳은 오래된 주택이었다. 노인은 문을 열고 아키코를 안으로 들였다. 아이들이 마른침을 삼키며 그 장면을 지켜보았다. 이 아이들은 대체 어느 정도의 지식으로 이

광경을 지켜보고 있는 걸까. 지금은 모를지라도 나중에 커서 둘 사이에 분명 뭔가 있었다고 확신에 차 이 장면을 떠올리겠지. 유리는 이런저런 생각에 당황해서 어쩔 줄 몰랐다. 돌아가자고 부추겼다가는 오히려 아이들을 흥분시켜 통제가 불가능한 지경이 될지 모르기 때문에 어쩌지 못한 채 우왕좌왕했다. 그러는 사이에 아키코가 그 집에 들어간 지 상당한 시간이 지나 있었다. 하지만 상황은 그대로였다. 다행스럽게도 움직이지 않는 사냥감은 매력이 없다. 아이들은 따분해하다가 완전히 관심을 잃어버린 듯 돌아가고 싶어 했다. 이렇게 해서 유리는 더 이상의 당황스러운 일 없이 아이들과 보르를 무사히 집으로 데리고 돌아올 수 있었다.

오는 길에 빙 둘러서 가토 형제를 집까지 배웅한 뒤 에이토, 보르와 함께 일곱 시쯤 집에 돌아왔다. 소지로가 귀가한 건 여덟 시경이었고 아키코가 돌아온 건 아홉 시가 넘어서였다.

저녁은 먹었다며 총총히 욕실로 도망치는 아키코에게서 왠지 모를 기분 좋음이 느껴졌다. 목욕을 마친 다음에는 에이토에게 용돈을 주고 등을 주물러달라고 한 모양이었다. 그런데 갑자기 에이토가 큰 소리로 유리 부부를 불렀다. 소요카의 방으로 뛰어가 보니 아키코가 침대 위에서 웅크린 채 신음하고 있었다. 옆에서는 에이토가 벌

벌 떨고 있었다.

"안마해드렸는데 갑자기 소리를 질러서."

소지로도 왔다.

"어머니? 왜 그러세요?"

아키코는 이마에 식은땀을 흘리며 대답을 하려 애썼으나 말도 잘 나오지 않는 듯했다. 유리는 소지로의 지시로 곧바로 구급차를 불렀다. 금세 구급차가 도착했고 소지로가 동승했다. 유리는 에이토를 데리고 택시로 그 뒤를 쫓았다. 소지로가 구급차 안의 상황을 에이토의 휴대전화에 문자로 전해왔다. 소지로가 의심하는 병명이 너무 어려워서 에이토가 제대로 읽지 못했다.

"이거 뭐라고 읽어?"

"해리성…… 대동맥……류?"

해리성 대동맥류. 유리는 간신히 읽을 수 있었지만 어떤 병인지는 잘 몰랐다. 다만 명칭으로 보아 간단한 병인 것 같지는 않았다. 소지로가 보낸 문자는 다음과 같았다.

"어머니, 해리성 대동맥류일지도 몰라."

"그게 어떤 병인데요?"

에이토가 물었다.

"대동맥이라는 몸 가운데 있는 커다란 혈관이 찢어져서 거기가 혹처럼 되는 건데. 최악의 경우 대동맥이 파열되거나 죽을 수도 있어."

설명을 읽은 유리의 온몸에서 핏기가 가셨다.

"이 증상을 전에도 본 적이 있어. 전에 우리 본가에서 일했던 기쿠 씨가 이런 증상으로 쓰러졌었어."

"기쿠 씨는 살아나셨어요?"

에이토의 문자에 소지로가 주저 없이 답했다.

"죽었어."

유리는 에이토의 몸이 움찔거리는 걸 보았다. 유리는 아이에게 배려심이라곤 눈곱만치도 없는 남편에게 분노가 치밀었다. 에이토의 안색이 점점 나빠졌다. 유리는 에이토의 등을 쓰다듬어주었다. 작은 등이 떨렸다. 그 떨림이 유리의 손까지 전해졌다. 분명 자책하고 있는 것이리라. 유리는 에이토의 손을 잡아주었다. 에이토의 손이 차가웠다. 자기 탓이라고 생각하는 게 분명했다. 정말 무슨 일이라도 벌어진다면, 아키코에게는 미안하지만 오히려 걱정인 건 에이토 쪽이었다. 어머니를 잃은 지 아직 보름이 채 되지 않았다. 더 이상의 죽음은 이 아이에게 너무 가혹했다.

병원에 도착한 아키코는 응급실로 실려갔다. 유리와 에이토가 도착하니 소지로가 응급실 앞 벤치에 굳은 얼굴로 앉아 있었다.

"어때?"

"지금 진찰 중이야."

잠시 후 응급실 문이 열리고 의사가 나왔다.

"추간판 탈출증이군요."

"해리성 어쩌고 하는 게 아니고요?"

"해리성 대동맥류."

유리가 얼버무리자 소지로가 바로잡았다.

"네, 완전히 다릅니다."

의사가 추간판 탈출증에 대한 설명을 자세히 해준 덕에 유리와 소지로는 한시름 놓을 수 있었다. 그러나 에이토는 여전히 어딘가 텅 비어 보였다. 에이토는 아직도 자신을 책망하고 있는 것 같았다.

아키코는 다음 날에 퇴원할 수 있었지만 당분간 휠체어 신세를 져야 했다. 이렇게 되면 형님 부부네로 돌아가는 편이 나았다. 그쪽은 병원이니 입원 시설도 있고, 집에 돌아가면 아키코의 침대도 있었다. 소지로도 그런 점들을 아키코에게 잘 설명한 것 같은데, 아키코 본인이 돌아가는 게 내키지 않은 듯했다. 형네 집은 지내기 불편하다느니, 성격이 잘 맞지 않는다느니 모호하면서 동시에 막 가져다 붙인 듯한 변명 일색이었다.

유리는 그 이유를 알고 있었다. 분명 그때 본 노인 곁에 있고 싶은 것이다. 아니나 다를까 아키코는 다음 날 아침 한 통의 편지를 유리에게 건넸다.

"미안하지만 이걸 우체통에……."

받는 사람의 이름은 하토바 쇼조. 노인의 이름이 틀림없었다. 주소는 지난번에 두 사람이 밀회했던 곳과 일치했다. 굳이 우체통에 넣지 않더라도 걸어가서 직접 전달할 수 있는 거리였지만 아키코가 시킨 대로 봉투를 우체통에 넣었다. 며칠 후 답장이 왔다. 아키코에게 전달하니 별거 아니라는 듯 편지를 받아 머리맡에 쌓인 책과 잡지 사이에 꽂아 넣었다. 그대로 잊어버릴 것처럼 태연하게 편지를 내버려두었지만 유리가 문을 닫고 나가면 서둘러 봉투를 열어 내용물을 읽어볼 것이다. 아키코는 한 시간도 채 되지 않아 종을 울려 유리를 부르더니 다음 편지를 맡겼다. 유리는 그런 시어머니가 귀엽게 느껴져 응원해주고 싶었다. 하다못해 여름 동안은, 소요카가 돌아오기 전까지는 여기 머무르게 하고 싶다고 소지로에게 제안했다.

"뭐, 당신 생각이 그렇다면 나야 상관없지만."

소지로는 어째서인지 겸연쩍어했다. 자신이 계획한 어머니와의 동거가 이런 식이 되어버려 본격적으로 아내의 손길이 필요해지고 말았다. 심지어 아내가 이 상황을 기꺼이 받아들이겠다고 한다. 그런 아내에게 못된 짓만 하고 있으니 자기 자신이 부끄러웠는지도 모른다.

어느 날 부엌 싱크대에 보란 듯이 방치되어 있던 종이컵 실 전화가 쓰레기통에 얌전히 버려져 있었다. 소지로가 동창회 일로 유리를 비난하기 위해 만든 그 전화였다. 이건 어떤 의미일까? 유리는 그걸 주워서 원래 장소에 놓아두었다. 소지로 입에서 새 휴대 전화를 사도 좋다는 말이 나올 때까지 유리 본인의 입으로 조를 생각은 추호도 없었다.

　부부 간의 속 좁은 전쟁은 조금 더 계속될 듯했다.

나 또한 가시방석이었다. 모두 내 잘못이었다. 조심성 없이 보낸 문자가 유리의 남편을 화나게 했고, 그 결과 평화로웠던 한 가정에 쓸데없는 풍파를 일으키고 말았다. 그 풍파가 나비 효과처럼 예상하지 못한 사건을 잇달아 일으키는 바람에 면목이 없어서 헛웃음이 나올 정도였다.

어떻게든 사과할 방법이 없을까, 하며 중학 시절의 졸업 앨범을 보다가 마지막 페이지의 주소록을 발견했다.

살펴보니 네 이름과 주소도 실려 있었다.

이쪽으로 편지를 보내면 어떨까. 어쩌면 운 좋게 유리에게 전달될지도 모른다. 이 주소지에 아직 네 부모님이 살고 있다면 언젠가 이 편지를 유리에게 전해줄 것이다. 하지만 받는 사람 이름을 도노 유리라고 적을 수는 없다. 그녀는 네 이름을 사칭해 내게 편지를 보내고 있다. 이유는 잘 모르겠지만. 받는 사람 이름을 유리로 보내면 처음부터 진실을 알고 있었다는 의미가 된다. 그렇게 되면 유리는 어떻게 나올까. "아, 그래요. 거짓말해서 미안해요."라는 식으로 나올까. 편지가 끊기지 않을까. 그리되면 수수께끼 같은 이 게임도 끝이다. 혹은 내 편지를 유리가 받기 전에 남편의 손에 들어가기라도 한다면 그거야말로 대참사다. 자기 몰래 편지를 주고받은 걸로 오해하기 딱 좋다.

그렇다면 오히려 네 앞으로 편지를 보내는 편이 더 나을지도 모른다. 그러나 그 경우 편지를 받아서 열어보는 사람은 네가 되어야 할 것이다.

네가 편지를 읽게 될까.

나이에 어울리지 않게 가슴이 설레고 말았다.

친정에 도착한 편지는 부모님 손을 거쳐 분명 네게 전달될 것이고 그 편지를 네가 받아서 내용물을 읽는다. 대체 어떻게 생각할까. 아마 무슨 영문인지 몰라 그대로 버려버릴 수도 있다. 아니, 버리지 않을지도 모른다. 어쨌든 이 방법으로는 편지가 유리에게 전달되지 않는다. 편지 내용을 보고 유리 앞으로 보내는 편지라고 이해시킬 방법은 없으려나. 이걸 유리에게 보여주어야 한다고 네가 생각할 만한 힌트 같은 게 없을까.

순간 정신이 들었다. 참으로 말도 안 되는 생각을 하고 있었다. 유리에게 보낼 편지를 너에게 부탁하려 하다니. 중학 시절 네게 쓴 편지를 유리를 통해 전달했던 일이 떠올랐다.

그때와 반대인가. 이번에는 네가 메신저다. 그렇다면 어떤 식으로 편지를 써야 할까.

고민하다 보니 낮에서 밤이 되었다. 오랜만에 가슴이 설레는 행복한 낮과 밤이었다. 편지를 몇 십 장이나 다시 쓴 끝에 간신히 완성한 문장은 아무런 장치도 되어 있지 않은 간단한 내용이었다.

편지는 며칠 후 나카타가이의 네 친정에 도착했다. 하지만 그때 너는 이미 이 세상에 없었으니 네가 편지를 받아보는 일도 없었다. 우편함에서 편지를 발견한 건 어쩌다 외할머니 댁에 놀러 와 있던 유리의 딸 소요카였다. 조이를 산책시키고 돌아오는 길에 우편물이 쌓인 우편함에서 도노 미사키 앞으로 온 발신인 없는 편지를 본 것이다. 소요카는 언제 도착했는지 모를 그 편지를 아유미에게 전달했다. 아유미가 편지를 개봉했고 두 사람에게 내용물이 공개되었다.

　도노 미사키에게

　이번 일은 뭐라 말씀드려야 할지. 정말로 죄송하다고밖에 드릴 말씀이 없는 상태이지만 역시 내 탓일까요. 상담 상대라면 언제든지! 뭐, 이런 식의 편지 왕래도 운치가 있어서 좋군요. ……그런데 이건 친정 주소죠? 이쪽으로 편지를 보내면 당신이 받을 수 있을까요?

　받는 이는 너이지만 내용은 유리에게 보내는 것이다. 나는 유리를 너라고 오해한 채 편지를 쓴 것이다. 유리가 읽으면 그렇게 받아들일 게 틀림없는 내용이다.
　하지만 내 예상으로 첫 번째 발견자는……. 즉, 이 편지를 처음에 읽는 건 유리가 아니라 너일 것이기 때문에 나는 네가 먼저 이걸 읽으면 어떻게 할지 네 입장이 되어 생각해보았다.
　대충 흉내 낸 프로파일링이다. 말하자면 너에게 보낸 이 편지가 네게 보낸 듯하면서 사실은 네가 아니라 너를 사칭한 여동생 앞으로 보낸 것이라는 걸 네가 알아차려야 한다.

너는 이 편지를 읽고 이렇게 생각할 것이다.

편지에는 최근 나와 너 사이에 어떤 문제가 있었던 것처럼 적혀 있지만 네게는 짐작 가는 바가 무엇 하나 없다. 너는 고개를 갸웃거린다. 그리고 생각한다. 내 앞으로 온 편지가 맞는 건가? 다른 사람에게 보낸 편지가 실수로 도착한 게 아닐까? 하지만 그렇게 보기도 쉽지 않은 것이 손 글씨로 확실하게 도노 미사키라고 적혀 있다. '상담 상대라면 언제든지, 편지 왕래도 운치가 있어서' 등의 구절이 쓰여 있으니 이게 첫 편지가 아닐 확률이 높다는 단서도 있다. 봉투에는 보내는 사람의 주소나 이름이 없고, 마치 다른 사람에게 알려지기 싫었던 것처럼 이름과 주소가 편지지 마지막에 적혀 있다. 아무래도 뭔가 사연이 있는 듯한 편지다. 이쯤에서 너는 동창회를 떠올릴 게 틀림없다. 동창회 안내장이 유리에게 도착했을 리 없다. 너는 유리에게 동창회에 대신 나가달라고 했을지도 모른다. 아니, 그럴 가능성은 낮을 것 같다. 본인이 동창회에 가지 않는다고 여동생을 대신 보내는 언니는 상상하기 힘들다. 이건 유리의 단독 범행으로 보아야 할 것이다. 우연히 너에게서 동창회 이야기와 네가 가지 않는다는 말을 듣고 유리가 너 몰래 너를 연기한 것이다. 중학 시절의 그녀를 알고 있다면 상상하기 어렵지도 않다. 유리는 상당한 지략가다. 만만치 않은 사람이다. 그걸 자각하지 못해서 귀여운 면이 있는 반면 꽤 성가시기도 하다. 너는 분명 유리가 또 무슨 일을 벌인 거라고 직감할 것이다. 동창회 이후 나와 유리 사이에 무슨 일이 있다고. 너는 알고 있을 것이다. 유리의 첫사랑이 나였다는 사실을.

자, 그럼 이것들을 종합하면 어떻게 될까. 너는 무심결에 동창회 이야기와 불참 사실을 유리에게 알리고 만다. 유리는 30년이라는 세월이 흘렀다는 걸 이용해서 네 흉내를 내며 동창회에 나가고, 결국 나에게 편지까지 보낸다. 나는 아무것도 모른 채 유리를 너로 생각하고 답장을 쓴다. 어째서인지 서로의 연락 방법은 편지밖에 없는 모양이다. 더구나 내가 일부러 편지를 친정으로 보냈다는 데에서 유리의 자택으로 직접 보내면 안 되는 뭔가가 있다. 남편에게 보이고 싶지 않은 걸까. '내 탓'이라든가, '죄송하다'는 표현으로 미루어보아 이미 좋지 않은 사태가 벌어졌음이 틀림없다.

네가 이런 식으로 추리해준다면 100점 만점이겠지만 그건 나의 희망 사항이다. 이 정도 추리까지는 못하더라도 적어도 너는 이렇게 생각할 게 분명하다.

'대체 무슨 일이 벌어지고 있는 거야?'

사실 하나의 가능성이 더 있다. 동창회 안내장을 어떤 이유에서인지 유리가 먼저 손에 넣었을 경우다. 이 경우 네게는 동창회 정보조차 없다. 그렇다 하더라도 종국에 너는 이렇게 생각할 수밖에 없다.

'대체 무슨 일이 벌어지고 있는 거야?'

그거면 된다.

하다못해 그 의문을 담아 나에게 연락을 해온다면 나는 바로 답장을 보낼 용의가 있다. 그리고 운이 좋다면 나는 너와의 편지 왕래를 시작할 수 있을지도 모른다.

물론 그건 헛된 바람이다. 나는 너에게 수도 없이 편지를 보냈지만 답장은 단 한 번도 받지 못했으니. 내가 너에게서 받은 유일한 편지는 대학교 4학년 겨울에 갑자기 도착한 연하장 한 장뿐이다.

하지만 네가 이미 이 세상에 존재하지 않고, 너와 유리의 아이들이 내 편지를 읽게 될 줄은 생각지도 못했다. 그건 내 예상 밖의 일이었다. 또한 그 편지를 읽은 아이들의 감상은 내 상상을 훨씬 뛰어넘었다. 역시 10대 소녀의 상상력은 무시할 수 없는 건가.

"……이거 뭐야? 이 사람, 저세상과 편지를 주고받는 건가? 이모가 죽은 게 자기 탓이라고 하고 있잖아. 뭐지? 자기가 범인이라는 건가? 하지만 그것치고 분위기가 너무 밝은데. 미신 같은 거라면 편지가 신통력을 발휘하는 아이템인가? 그런 건가? 편지 왕래도 운치 있다고 하는 거 보니 여유까지 있잖아. 실력이 엄청난 무당인가?"

"모르는 걸지도. 엄마가 죽은 걸."

소요카에 비해서 아유미는 냉정한 판단을 내렸다.

"그런가? 그러면 앞뒤가 맞긴 하네."

안도하는 소요카를 아유미가 비꼬았다.

"보통 다 그렇게 생각하지 않나?"

"그래? 그럼 여기 이 '이번 일'은 뭔데? '이번 일은 뭐라 말씀드려야 할지', 이 부분 말야. 이건 장례식에 대한 거 아닌가?"

"동창회 아닐까?"

"동창회? 아, 나도 잠깐 그거 생각하긴 했는데!"

소요카가 일어서서 "저쪽 방에 졸업 앨범 있었던 것 같은데."라고 말하며 달려갔다. 안쪽 방 책장에 졸업 앨범이 있었다는 사실이 기억났다. 왜 그런 게 기억에 남아 있었는지는 본인도 잘 알지 못했다. 그저 타고난 감이 예리했다. 안쪽 방에서 꺼낸 앨범 페이지는 오랜만에 햇빛을 받았고, 소요카는 손쉽게 젊은 날의 내 모습을 찾아냈다.

"아, 이 사람이다! 오토사카 교시로! 의외로 잘생겼네? 미사키 이모가 1반이고 이 사람이 2반이야. 반은 다르네. 중학교 때 이모는 아유미 언니랑 완전 똑같다. 기분 나쁠 정도로. 그럼 이 사람, 우리 엄마 선배이기도 하네. 엄마한테 물어볼까? 혹시 알 수도 있잖아."

뭔가 골똘히 생각하던 아유미가 그 말을 듣고 어떤 걸 떠올린 모양이었다.

"잠깐만. 그러면 재미없잖아. 우리가 답장을 써서 보내보는 건 어때?"

"아, 나도 지금 그 생각했는데! 뭐라고 쓸 건데?"

두 사람은 단 한 번도 편지를 써본 적이 없었다. 외할머니에게서 편지지와 봉투를 건네받아 편지 쓰는 법부터 배웠다. 그 아이들이 태어나 처음으로 쓴 편지는 며칠 후 나에게 도착했다. 우체통을 여니 편지 두 통이 있었다. 두 통 모두 보낸 사람의 이름은 적혀 있지 않았다. 나는 한쪽이 유리고, 다른 한쪽이 너임을 직감했다. 몹시 두텁고 손에 들었을 때 무게감이 있는 봉투가 유리가 보낸 것이고, 텅 빈 게 아닐까 생각될 정도로 얇고 가벼운 봉투가 네가 보낸 것일 테다.

먼저 유리의 편지를 뜯어 읽었다. 유리에게는 미안하지만 네 편지를 보고 나면 유리의 신변이나 불평 따위에 대해 읽을 마음이 들 것 같지 않았다. 네가 보낸 편지는 차분한 상태에서 천천히 읽고 싶었다.

그날 유리의 편지.

오토사카 교시로에게

놀랍게도 시어머니에게 남자 친구가 있었어. 낮에 살짝 데이트를 하거나 그분 집에 가거나 해. 깜짝 놀랐지 뭐야. 허리를 다친 후에는 연애편지를 써서 보낼 정도로 뜨거워. 이런 건 아무리 나이를 먹어도 변하지 않는 법이니까. 의외로 귀여우셔. 그 세대는 편지를 쓰는 게 일반적이긴 하잖아. 나도 편지 쓰는 게 꽤 익숙해졌어. 모두 네 덕분이야.

도노 미사키가

시어머니를 귀엽다고 말하고 있었다. 약간은 마음의 여유가 생긴 건가. 유리의 편지 다음은 네 편지. 나는 얇고 가벼운 편지를 손에 들었다. 장식이라고는 전혀 없고 어딘가 고풍스러운 봉투. 그런 점에서도 나는 이 편지가 네가 보낸 것이라 믿어 의심치 않았다. 봉투를 여니 그 안에 파라핀 종이처럼 얇은 편지지가 들어 있었다.

오토사카 교시로에게

중학교 시절 참 그립네. 나에 대해 얼마나 기억해? 주소는 이쪽으로 보내면 돼.

도노 미사키가

내용은 생각한 것 이상으로 짧았다. 솔직히 한 방 먹

었다. 낙담했지만 이 짧은 문장을 몇 번이고 반복해 읽는 나 자신을 멈출 수 없었다. 그러나 반복해 읽어볼 만했다. 끝내 나는 이 한 문장에서 한줄기 희망을 발견해냈다.

"나에 대해 얼마나 기억해?"

이건 내게 한 질문이다. 그렇다면 답장을 보낼 수 있지 않은가.

답장을 쓰지 않고는 견딜 수 없었다. 책상 앞에 앉아 이 짧은 한 문장에 대해 수천 자가 넘는 답장을 단숨에 써서 보냈다.

너에 대해 얼마나 기억하는지 묻는다면, 나는 마치 모든 일을 바로 어제 일처럼 아니, 어제 일보다 더 선명하게 기억한다고 자신 있게 말할 수 있어. 나는 3학년 봄에 나카타가이중학교로 전학을 왔고, 그 후 1년이라는 시간은 내게는 잊을 수 없는 소중한 추억이야. 너는 어땠어? 너는 학생회장이었고 교내에서 뮤즈와 같은 존재였잖아. 고결하고 다가가기 힘든. 실제로 아무도 다가가려 하지 않았지. 너는 고독했고 그 고독감을 이해할 수 있는 건 나뿐이라고, 왠지 그런 식으로 생각했던 것 같아.

나카타가이중학교로 전학 온 첫날 3학년 2반 학생들 앞에서 자기소개를 할 때 취미가 독서와 축구라고 말했어. 사실 자기소개를 했는지 어쨌는지조차 전혀 기억에 없어. 처음으로 기억나는 건 야에가시야. 내 자리는 맨 뒤 창가 자리였는데 바로 앞자리가 야에가시였어. 그가 내 쪽을 돌아보고는 축구 좋아하냐고 물었고, 내가 그렇다고 대답했나 봐. 어쨌든 그 부분은 별로 기억에 없어. 야에가시의 대답만 똑똑히 기억날 뿐.

"나 축구부거든. 너 축구부 안 들어올래?"

갑작스러운 축구부 입단 권유.

야에가시는 방과 후 나를 축구부실로 데려가 모두에게 소개했어. 야에가시는 축구부 주장이었거든. 나는 곧바로 미니 게임에 참가해서 어쩌다 골을 두 개 넣었고, 거절할 새도 없이 축구부원이 되고 말았지.

나는 그전에 다니던 중학교의 축구부에서도 주전 공격수였어. 우리 집은 어렸을 때부터 자주 이사를 다녀서 놀이 상대라곤 여동생과 애완견 일레븐뿐이었거든. 일레븐은 셰퍼드인데 공을 가지고 노는 걸 정말 좋아해서 공원이나 공터에서 녀석과 공 쟁탈전을 벌이며 놀곤 했지. 놀라우리만치 사람에게서 공을 잘 뺏어서 나는 그 녀석을 이

겨본 적이 없어. 나도 모르는 사이에 이런 훌륭한 코치에게 단련되어 나름의 축구 기술을 몸에 익히게 됐다고나 할까. 중학교에 들어가 처음으로 축구부에 들어갔을 때 선배들조차 나에게서 공을 빼앗지 못했어. 축구가 지금만큼 인기 있기 전의 이야기야. 프로 리그도 없었고, 일본이 아직 단 한 번도 월드컵 본선에 진출한 적 없던 시절이지. 축구부라 해도 기초적인 축구 기술조차 갖추지 못한 시절이었어. 그 중학교의 수준이 그렇게 높지 않았던 걸 수도 있고. 일레븐과의 공 쟁탈전에 비하면 그들의 축구는 포크 댄스 같았어. 그런 그들 입장에서 나는 초인처럼 보였을 거야. 재빠르게 공을 빼앗아 드리블로 몇 명이나 제친 다음 골을 넣었으니까.

반면 나카타가이 축구부는 강했어. 스포츠는 시골 학교 쪽이 잘하던 시절이었지. 지금은 어떤지 모르지만. 어쨌든 그제야 축구다운 축구를 하게 돼서 나도 축구에 흠뻑 빠졌지. 그때는 소설가가 되리라고는 꿈도 꿔본 적이 없었으니까.

나카타가이는 내가 살았던 동네 중에서 가장 촌구석이었어. 도시 학교에 비하면 학업 실력이 우수하다고 말하기 힘들었지. 대신 아이들은 느긋하고, 쾌활하고, 강인했어. 돌이켜보면 나는 도시에서는 볼 수 없고 도시의 기준에는 맞지 않는 인간의 천진난만한 모습을 목격한 거야.

생각해보면 그건 아주 멋진 일이었어.

하지만 그런 환경에 익숙해지는 게 그리 간단하지는 않았어. 야에가시도 축구부원도 반 친구들도 모두 소박하고 인정 많은, 지금 생각해보면 좋은 아이들뿐이었지만 아무래도 내게는 좀 무례하고 과하게 친한 척하는 것으로 느껴졌거든. 멋대로 들이대는 듯한. 내 중학교 시절은 그런 사람들에게 맞추며 학교의 인기인을 연기하는 날들이기도 했어. 하지만 속으로는 불편했지. 일정한 거리를 두고 그들을 대한 듯한 느낌이야. 그래서 결국 스스로를 고독하게 만들고 말았어. 가슴속은 항상 공허했어. 반항기라는 것도 작용했을 테고.

그런 내게, 너만은 동지처럼 생각됐어.

내가 너를 처음 본 그 순간부터 너는 이미 고고한 오라를 지니고 있었어. 솔직히 그 학교의 수준과는 차원이 달랐어. 왜 너 같은 사람이 여기 있는 건지 놀랐어. 너를 처음 만난 날 너는 오랫동안 감기에 시달렸던 참이라 커다란 마스크를 쓰고 있어서 얼굴이 잘 보이지 않았지. 그럼에도 흘러넘치는 기품은 감춰지지 않았어. 너를 처음 본 순간부터 나는 이미 너에게 푹 빠졌지.

네 여동생인 유리와 처음 만난 건 언제였더라. 기억이 잘 안 나. 유리는 축구부 매니저였으니 아마도 전학 첫날 야에가시에게 이끌려 축구부 연습에 참가했을 때 그녀도 분명 거기서 내 플레이를 본 게 틀림없어. 하지만 안타깝게도 내 기억엔 없어. 내 입장에서 수많은 축구부원들 중 한 명에 지나지 않는 유리를 인식하게 된 건 그녀가 네 여동생이라는 소문을 들은 다음이야. 그게 언제였는지는 확실하지 않아. 한 가지 확실하게 기억하는 건 유리는 처음부터 그저 네 여동생이었다는 것.

어떻게든 너에 대한 정보를 이끌어내려고 유리에게 이런저런 질문을 했던 게 생각나. 그런 내게 어느 날 유리가 가족 앨범을 가져와 보여준 적이 있어. 나는 네 어렸을 때의 사진이며 유치원 입학식, 초등학교 입학식 사진을 마스크를 쓰지 않은 맨얼굴보다 먼저 보게 됐지. 어렸을 적의 너도 정말 예뻤지만 안타깝게도 최근 사진은 없더라. 있긴 했는데 소풍 사진이나 축제에서 찍힌 단체 사진이라 네가 너무 작게 찍혀서 얼굴을 알아보기 힘들었어. 덕분에 쓸데없이 스트레스만 더 쌓였어. 그날 유리와 둘이서 걷고 있는데 우연히 지나친 자전거가 바로 너였어. 너는 유리에게 여기서 뭐 하냐며 추궁하듯 물었고, 네 여동생 유리는 그런 언니에게 나를 소개해줬지. 전학생이고 축구부 선배인데 아직 이 주변을 잘 몰라서 이것저것 알려주고 있다며 거짓말을 술술 쏟아내기에 좀 놀랐어. 넌 언니로서 그런 여동생의 모습을 여러 번 봐왔겠지. 네 의심 가득한 눈초리가 나에게도 향하기에 마음이 편하지 않았어.

"너, 이름은?"

"오토사카."

"오토사카……. 나는 도노야. 도노 미사키."

그러자 유리가 갑자기 네게 달려들어 "마스크 쓴 채로 인사하는 건 실례잖아!" 하면서 마스크를 벗겼어.

처음으로 네 얼굴을 목격한 순간이었지.

상상 이상의 충격이었어. 그 의젓한 눈동자, 아름다운 코, 촉촉한 입술, 하얀 피부, 핑크 빛이 살짝 도는 뺨. 아, 무엇 하나 내 기대를 벗어나지 않았어.

아이들이 읽는 줄 알았다면 이런 묘사는 피했을 것이다. 정말 말도 안 되는 편지를 보내고 말았다. 네가 읽기에도 너무 길고, 다시 읽어보니 지나치게 내 입장에서만 쓰인 편지였으니까. 오랜만에 네 연락을 받고 너무나 들 뜬 나머지 펜이 멈추지 않아서 도를 지나친 감이 없잖아 있었지만 일단 편지를 보냈다.

답장은 사흘 후에 도착했다.

오토사카 교시로에게

편지 잘 받았어. 그런 일이 있었구나. 전혀 몰랐어. 내 동생 유리에 대해서 달리 기억나는 거 없어?

도노 미사키가

다시금 질문으로 끝나는 편지였다. 또 답장을 보낼 명분이 생겼다. 사실 이 질문은 소요카가 아유미를 졸라서 쓰게 한 거였다. 엄마의 청춘 이야기를 조금 더 알고 싶었던 것이다. 그 사실을 미리 알았더라면 나와 유리 사이의 잔인한 에피소드를 적어 보내지는 않았을 텐데. 그건 딸을 가진 어머니에게는 청춘 시절의 잔혹 동화라고도 할 수 있는 이야기였다.

도노 미사키에게

유리에 대한 건 잊을 리가 없지. 유리를 통해 몇 번이나 네게 연애편지를 보냈거든. 게다가 그 연애편지는 원래 유리가 나보고 쓰라고 한 거였어. 편지를 써보지 않겠냐며. 자신이 전해주겠다며. 그때 여자애들이 선배에게 연애편지를 써서 건네는 게 유행이었거든. 나도 어떤 후배에게 하굣길에 편지를 받은 적이 있었어. 하지만 나는 남자인 데다 연애편지라는 선택지는 머릿속에 없었거든. 그렇지만 점점 사무치는 마음을 억누르지 못한 채 결국 편지를 한 통 써서 유리에게 맡기고 말았어. 편지를 쓰기로 마음먹은 데에는 유리라는 전달자가 있었다는 부분도 컸지.

유감스럽게도 답장은 오지 않았어. 내용이 안 좋았나. 좀 더 잘 쓸걸 그랬나. 그런 것들을 유리에게 이야기하니 유리도 이런저런 조언을 해주게 됐고, 이후로 둘이서 작전 회의를 자주 갖기도 했어. 네 여동생이었지만 나는 유리를 친구처럼 대했어.

어느 날 야에가시가 일이 생겨 학생회 모임에 참가할 수 없어서 대신 내가 가게 됐어. 야에가시는 축구부 주장이기도 했지만 3학년 2반 반장이기도 했거든. 그 대신이었어. 예정 시간 조금 전에 도착하니 네가 먼저 와서 책상을 회의용으로 진열하고 있더라. 나는 그 일을 도왔지. 그때 내가 네게 질문한 걸 기억해? 나는 편지 읽었느냐고 물었어. 그러자 너는 이렇게 대답했지.

"편지? 무슨 편지?"

나는 머릿속이 새하얘졌어.

다음 날 동아리 활동이 끝나고 집으로 가는 길에 혼자 서둘러 돌아가는 유리를 붙잡고 추궁했더니 그제야 털어놓더라. 지금까지 내가 써서 보냈던 편지가 사실은 단 한 번도 네게 건네지지 않았다고. 나는 분노하고 말았어. 순수하게 사랑에 애태우며 썼던 편지가 유리에게는 단순한 장난에 불과했었나 하고. 유리가 같은 남자였다면 한 대 쳤을지도 몰라.

며칠 후 이번에는 유리가 나를 쫓아왔어.

"편지, 전부 언니한테 전달했어요."

그 말을 들으니 결과가 듣고 싶어지더라고.

"언니는 뭐래?"

그러자 유리가 잠자코 한 통의 편지를 내밀었어. 네 답장
인 걸까? 나는 용기를 내어 그 자리에서 편지를 열어봤지.

오토사카 선배에게

선배를 좋아해요. 저와 사귀어주세요.

　　　　　　　　　　　　　　　　　　도노 유리가

다시 머릿속이 새하얘졌어. 유리가 나를 좋아했구나. 하
지만 이제 와 고백해봤자 소용없잖아. 나는 제 언니를 좋
아하는데. 이런 경우 상대방에게 뭐라고 말하며 거절해야
하는지 모르겠더라. 그러자 갑자기 유리가 눈물을 펑펑 흘
리는 거야. 아, 큰일이야. 대답을 듣기도 전에 울고 있잖아.
거절하면 분명 더 울 거야. 대체 어떡하면 좋지? 나는 완전
히 패닉 상태였어. 그리고 정신을 차렸을 무렵에는 내 쪽
이 몇 번이고 사죄를 하고 있었지.

"미안. 저기, 미안해. 저기, 뭐라 해야 할지. 어쨌든 미안해."

그건 거절의 말이라기보다 아무런 말도 떠오르지 않던 가

운데 어쩌다 입에서 나온 그다지 큰 의미가 없는 감탄사 같은 거였다고 생각하는데, 유리에게는 그 정도로도 충분한 거절 선언으로 들렸을 거야. 유리는 펑펑 울며 전속력으로 달려가버렸어.

어찌나 빠른지 그 속도가 과히 놀라울 정도였어.

분명 유리는 내게 연애편지를 쓰게 함으로써 나와 함께 있고 싶었던 걸 거야. 유리에게는 정말로 몹쓸 짓을 하고 말았어. 지금 생각해보면 모든 일들이 달콤 쌉싸름하고 그리운 추억이야. 네가 읽은 연애편지에는 이런 뒷이야기가 있었어. 그런데 그 시절의 일들은 왜 이리도 선명하게 빛나는 걸까.

유리는 지금 어떻게 지낼까? 결혼해서 아이도 있어?

……너는 지금 어떻게 지내?

오토사카 교시로가

아키코의 추간판 탈출증은 좀처럼 회복되지 않았다. 근력이 쇠하지 않도록 병원에서 알려준 재활 체조를 열심히 하는 하루하루가 계속되었다. 유일한 낙은 하토바 노인에게 보내는 편지였다. 하지만 어째서인지 하토바 노인에게서 아무런 답장도 돌아오지 않았다.

　혹시 집 안에서 홀로 쓰러진 거라면? 그런 생각이 들자 아키코는 가만히 있을 수 없었다.

그렇다고 누구에게 상담할 수 있는 성격의 이야기도 아니었다. 혼자 고민하는 아키코가 안쓰러웠던 유리는 몰래 하토바 노인의 상황을 살펴보기로 했다.

유리가 사는 곳에서 도보로 15분 정도 거리에 위치해 있는 작은 상점가를 빠져나오면 바로 앞에 노인이 사는 집이 있었다. 문 옆에 하토바라는 팻말이 보였다.

초인종을 누르자 안에서 인기척이 들리고는 꽤 오랜 시간이 걸린 후에 문이 열렸다. 얼굴을 내민 건 전에 목격한 노인이 틀림없었다.

"누구신가?"

"저기, 저는…… 기시베노 아키코의 며느리인 유리라고 합니다. 혹시 편지 받으셨나요? 답장이 오지 않아서 걱정이 되어……."

"아, 이거 걱정 끼쳐서 미안하군. 넘어져서 팔이 부러졌거든."

노인이 삼각건으로 감싼 오른팔을 보여주었다.

"어머, 저런. 괜찮으세요?"

"엄청 불편하지 뭐. 젓가락질도 못하고. 식사는 간신히 왼손 포크질로 버티고 있지만 글 쓰는 거까지는 무리야. 왼쪽 다리도 다쳤고 말이지. 올해는 다치는 게 일상이네."

노인은 그렇게 말하고 다친 발을 주물렀다.

"그러셨군요. 아이고, 어떡해요."

"계속 서서 이야기하기도 그러니 안으로 들어오게."

"네? 아, 예. 그럼 실례하겠습니다."

유리는 노인의 권유에 집 안으로 들어갔다. 홀아비 신세이니 꽤 지저분할 거라고 짐작했는데, 집은 의외로 깔끔하게 잘 정돈되어 있었다. 책장에는 외서가 즐비해 책을 좋아하는 유리에게는 반가운 방이었다.

"혼자이신가요?"

"그렇네."

"혼자서는 방 청소도 쉽지 않을 텐데요."

"아니. 왼팔은 움직이니까 어떻게든 되긴 해. 기시베노 씨도 큰일이겠군."

"그러게 말이에요. 추간판 탈출증이라 당분간은 꼼짝 않고 안정을 취해야 할 것 같아요."

"그런가. 그거 참 안됐네."

"어머님이 편지를 받으면 힘이 나시더라고요. 그런데 최근에 편지가 안 와서 통 기운이 없으세요."

"손이 이래서. 거기 책장에 있는 편지 좀 주겠나?"

노인이 가리킨 책장에 편지 봉투가 다발로 쌓여 있었다. 아키코가 노인에게 보낸 편지였다. 다시 말해, 유리가 직접 우체통에 넣은 편지들이었다.

"편지를 꺼내보게."

노인이 말했다.

"네? 잠깐만요. 이건 어머님께서 보낸 편지잖아요? 제가 보는 건 좀……."

"괜찮아. 꺼내보게."

쭈뼛거리며 편지를 꺼냈더니 놀랍게도 영어가 적혀 있었다.

"이게…… 뭔가요?"

"하하. 자네 영어 좀 하나?"

"그다지 잘……. 뭐라고 적혀 있나요?"

"그게, 어디 보자."

노인은 돋보기를 쓰고 소리 내어 편지를 읽었다.

"그러니까…… 몽생미셸은 프랑스 서해안의 생말로 바닷가에 떠 있는 작은 섬과 그 위에 세워진 수도원인데, 가톨릭의 순례의 땅 중 하나다. 1979년에는 유네스코 세계 문화유산으로 등재됐다."

"네? 정말로 그런 게 쓰여 있어요?"

"하하. 이걸 첨삭해서 보내야 한다네."

"네? 다른 건 또?"

"그것 말고는 그다지. 이 편지는 몽생미셸에 관한 거야."

"대체 이게 뭐죠? 영어 공부인가요?"

"그렇네. 내가 대학교 영어 교수였거든. 아키코는 내

제자였지. 최근에 오랜만에 제자들과 만날 기회가 있었어. 다시 선생님 수업을 듣고 싶다며 농담처럼 말하기에 나도 우쭐해져서는 언제든 오라고 말했더니 기시베노 씨가 정말로 와서 깜짝 놀랐지 뭐야. 이제 와 영어 같은 걸 배워서 뭘 어쩔 셈인지. 하하."

노인은 다시 다른 편지를 유리에게 펼쳐 보였다.

"이건 어떤 내용인가요?"

"그건 이탈리아 피렌체로군. 아키코의 편지는 세계의 관광 명소에 대한 화제가 대부분이야. 여행이라도 가고 싶은 건지. 답장을 쓰고 싶지만 손이 이래서 어쩔 도리가 없어."

"제가 도와드릴까요? 말씀해주시면 적을게요."

"오, 그래? 그럼 한번 해볼까."

유리는 노인 옆에 앉았다. 노인이 빨간색 연필을 건넸다.

"거기 either에 빨간색으로 선을 그어주게."

"네? ……아, 예."

"both가 맞다네. 그리고 or는 and. either or는 몽생미셸이 섬이나 수도원 중 어느 한쪽을 의미하는 게 돼버리니까. 그리고 convent에도 빨간 줄. convent는 수녀원을 말하는데 몽생미셸은 원래 남자들의 수도원이었으니 monastery가 되지. m-o-n-a-s-t-e-r-y."

"엠, 오, 엔, 에이…….."

"엠오엔에이, 에스, 티, 이, 알, 와이."

"에스, 티, 이, 알, 와이. ……네. 그렇군요. 이거 재밌네요. 어머님이 분명 즐거워하셨을 것 같아요."

"그런가. 하하."

"왠지 몽생미셸에 가본 듯한 느낌이에요."

첨삭을 끝낸 편지는 유리가 직접 들고 가 중간에 우표를 사서 붙인 다음 아키코에게 건넸다. 소인이 찍히지 않은 우편. 아키코가 눈치챌까? 그대로 우체통에 넣으면 이틀 후에 집에 도착할 테지만 유리는 편지를 한시라도 빨리 아키코에게 전달하고 싶었다.

편지를 받아든 아키코는 아무렇지 않은 얼굴이었지만 문을 닫으면 곧바로 편지를 뜯어볼 것이다. 빨간색으로 첨삭된 글씨가 평소 노인의 글씨와 다르다는 사실을 눈치챌까? 그게 유리의 글씨라는 사실을 알아볼까? 설사 알아차린다 해도 아키코는 유리에게 아무 말도 하지 않을 것이다. 유리 또한 노인의 집을 찾아갔다는 사실을 비밀로 했다.

이튿날 바로 아키코의 다음 편지를 받은 유리는 편지를 우체통에 넣지 않고 도서관에서 돌아오는 길에 노인에게 직접 전했다.

"어디 보자. '신경 써주셔서 감사합니다. 허리 쪽에 아직 통증이 있지만 그래도 꽤 좋아졌습니다. 선생님은 어떠신가요? 다친 데가 빨리 낫도록 기도하겠습니다. 그럼 다음 영문의 첨삭을 부탁드립니다.' ……그다음으로는 베르사유 궁전에 대해 적혀 있군."

"오늘은 베르사유 궁전인가요? 시작할까요!"

"그럴까!"

"먼저 차라도 내올게요."

노인과 유리는 이렇게 해서 다시 아키코의 영문을 첨삭했다. 유리는 이 시간을 즐겼다. 집도 아니고 직장도 아닌 원래 자신이 있어야 할 곳이 아닌 데에서 보내는 시간은 실로 희귀했다. 마치 자신과 솔직하게 마주하는 듯한 신비한 행복감이 느껴졌다. 유리는 이 장소에서 내게 편지를 한 통 썼다. 쓰면서 노인에게 나와의 추억에 대해 이야기했다. 오래전 중학생 시절에 동경하던 사람이 있었다는 것, 그 사람이 자기 언니를 좋아했다는 것, 연애편지를 써서 그걸 언니에게 전해달라고 자기에게 부탁했다는 것. 그 부분은 마치 자신이 피해자인 양 말했다. 크게 누가 되지 않는 각색이었다. 사실 노인이 잠시 졸았던 탓에 이 부분은 듣지 못했는데 유리는 알아차리지 못했다. 그리웠던 시절을 이야기하고 추억에 잠긴 채 펜을 움직이다가 문득 어떤 사실에 생각이 미쳤다.

"저기 선생님, 선생님 댁 주소를 빌려도 될까요?"

유리의 목소리에 노인이 놀라서 눈을 떴다.

"응? 그게 무슨?"

"주소를 빌려도 될까요?"

"아, 물론이지."

"네? ……어째서인지 이유는 안 물으시나요?"

"아 참, 어디에 쓰려고?"

"잠시 편지 받는 곳을 이쪽으로 해도 될까요? 첫사랑의 편지가 올지도 몰라서요."

노인은 반쯤 졸린 눈으로 무슨 영문인지 모르겠다는 표정을 했다가 갑자기 미소 지었다.

"주부가 큰일이군."

"네?"

순간 속마음을 들킨 듯해서 유리의 얼굴이 빨개졌다. 그리고 내게 보내는 편지 마지막에 이 노인의 집 주소와 더불어 여기라면 편지를 보내도 안전하다고 첨언했다.

내가 그 편지를 받은 건 술에 취해 돌아온 밤늦은 시각이었다.

《도쿄 해안》은 니시자키 오리베라는 번역가가 몇 년 전에 창간한 문예 동인지로 나도 단편을 하나 써서 실은 적이 있다. 최신 호에 게재된 하즈키 이치요 씨의 《침묵의 까마귀》가 A 문학상 후보에 올랐다. 수상은 아쉽게 놓쳤지만 최종 심사까지 오른 걸 기념하는 소소한 축하연이 신주쿠 선술집에서 열렸다. 스무 명 정도를 초대한 듯한데 참석한 건 열 명 정도였다. 하즈키 이치요는 업계 내에서 어느 정도 알려진 작가로 A 문학상 후보에 오른 건 이번이 두 번째였다. 그보다 《도쿄 해안》이라는 이 무명의 동인지에서 후보작이 나왔다는 사실이 오히려 더 쾌거라 할 수 있었다.

그날 나는 모임 장소에 조금 일찍 도착했다. 동료 작가인 모리 가즈야와 아베 마리모가 먼저 와 맥주를 마시고 있었다. 나도 잔에 맥주를 받아 일단 셋이서 건배했다.

"동료 작가들과 마시는 건 싫지 않지만 문학상을 안주로 마신다는 게 좀 그래. 술맛이 안 나. 왠지 쓰네. 내 유통 기한이 지났다는 걸 선고당한 기분이야."

모리 가즈야는 소설가이자 시인으로서 권위 있는 상까지 받았지만 그것도 벌써 20년 전 일이었다.

"너무 그러지 마. 그래도 어른답게 웃는 얼굴로 동료를 축하해줘야 하지 않겠어?"

그렇게 말하며 모리 가즈야를 놀리는 아베 마리모도 역시 작가였다. 오랜만에 쓴 단편이 《도쿄 해안》 최신 호에 실렸었다.

"뭐, 유통 기한이 지났다고 선고당했다는 표현은 잔인하지만 내 현재 위치를 확인시켜주긴 하니까. 어딘가에서 다들 보고도 못 본 척하는 거잖아. 더구나 A 문학상이라고 하면 너무나도 빛이 나서. 그런 걸 예로 들면 내가 있는 곳은 어둠이지, 캄캄한 어둠. 안 그래?"

아베 마리모는 그렇게 말하며 나의 동의를 구했다. 나는 쓴웃음을 지을 수밖에 없었다. 솔직히 두 사람이 하는 말에는 뼈저리게 동감했다. 다만 내 경우에는 그런 걸 입에 담을 용기조차 없을 뿐.

이날의 참석자들은 어째서인지 시간을 잘 지키지 않았다. 사람들이 예정된 시각을 넘겨 드문드문 오는 바람에 모두 함께 건배할 수 있을 때까지 한 시간이 넘게 걸렸다.

오늘의 주인공인 하즈키 이치요 씨가 급한 일로 불참하는 해프닝까지 벌어져 다소 삭막한 분위기가 되었다. 이 모임의 주최자인 《도쿄 해안》의 편집장 니시자키 오리베 씨의 새된 웃음소리가 공허하게 울렸다. 상황이 이러면 일찌감치 정리하고 돌아가는 편이 낫겠다고 생각하는 순간 한 여자가 뒤늦게 나타났다. 니시자키 오리베가 일어서서 그녀를 소개했다.

"잡지 《문호》의 오기와라 가나데 씨입니다. 작년 수상작인 《조약돌》의 편집자이기도 하죠."

모두의 등줄기가 곧아졌다. 다들 이 사람에게 인정받았으면, 하는 마음이었을 것이다. 그녀를 몰랐더라도 최소한 문예지 《문호》에 인정받고 싶다는 마음은 있었으리라. 파장 분위기였던 자리가 갑자기 열기를 띠었다.

오기와라 가나데는 자리에 앉으려고도 하지 않고 화를 내며 "뭐야? 이치요가 없다는 게 무슨 말이야? 나 갈래."

하며 사라져버렸다. 정말로 그대로 가버린 줄 알았지만 화장실에 갔었을 뿐 바로 돌아왔다. 《문호》의 오기와라는 술고래라고 할 수 있을 정도로 술을 엄청 좋아하는 사람인데 그냥 돌아갈 리 없었다. 오기와라는 나에게서 가장 먼 자리에 앉아 이쪽을 힐끔 보았다. 내가 꾸벅 인사하자 쌀쌀맞게 인사를 받았다. 한동안 연락을 주고받지 않았지만 그녀와는 오래 알고 지낸 사이였다.

"최근에는? 어떤 걸 쓰고 있어?"

아베 마리모가 내게 말을 걸었다.

"음…… 뭐, 이것저것. 소재는 많은데 말이야."

"그렇긴 할 테지만. 그중 하나라도 말해봐."

"대도시 한구석에 남자가 혼자 살면서 줄곧 소설가를 꿈꾸는데 그게 좀처럼 잘 안 되는 거야."

"뭐야. 그거 자기 얘기잖아."

우리의 대화를 들었는지 모리 가즈야가 끼어들었다. 덕분에 다른 녀석들도 내 이야기에 귀를 기울이기 시작했다. 갑자기 말을 꺼내기 불편해졌다.

"뭐, 내가 모델이기는 해."

"역시. 그다음은?"

모리 가즈야가 재촉했다.

이야기하기가 아무래도 좀 불편했다. 그러나 이런 것도 좋은 기회라고 생각했다. 괜찮은 소재인지 아닌지 다른 작가들의 의견도 들어보고 싶었다. 알코올 탓일까. 혹은 가나데가 나타나서 어딘가 그리운 기분이 들었기 때문일까. 아니, 내 마음속 어딘가에 그녀와 아는 사이라는 한심한 우월감이 있었을지도.

"어느 날 어떤 사건에 휘말리는 거야."

"어떤 사건?"

모리 가즈야가 다시 물었다.

"그건 최근 경험담이 베이스인데."

"역시 전부 자기 이야기잖아."

"뭐, 그렇긴 한데."

아베 마리모가 모리 가즈야를 달랬다.

"뭐 어때. 자아 찾기는 영원한 테마 아냐? 미안. 계속해."

"응. 얼마 전에 중학교 동창회가 있었거든. 30년 만에 옛날 친구들을 만났어."

"……흐음, 중학교라."

"그래. 거기서 오랜만에 만났지. 첫사랑. 그 사람은 당시 학생회장이었기 때문에 모르는 사람이 없어. 그런데 이상하게도 그 사람이 그 사람이 아닌 거야. 다른 사람이 왔는데 아무도 알아차리지 못하는 거야."

"알았다! 성형해서 얼굴이 변했구나!"

"그럴 수 있지!"

"그런 동창회, 충분히 있을 수 있어."

"학생회장이 성형 미인이 됐다. 그다음에는 어떤 이야기로 끌어가려고?"

다들 연달아 자기 의견을 말했다. 어느새 모두가 내 이야기에 귀를 기울이고 있었다.

"그게 아니야. 정말로 다른 사람이야. 왜냐면 나는 그 사람이 누구인지 알고 있으니까."

"누군데?"

"당사자의 여동생."

"여동생?"

"응. 재밌지 않아? 왜 동생이 언니의 동창회에? 그것도 언니 흉내까지 내며. 게다가 앞에 나가서 모두에게 한마디까지 하는 거야. 이상하지?"

"그렇네."

"언니가 나이 들면서 여동생을 닮게 됐을 가능성도 있지 않나? 사람에 따라서는 얼굴이 변하기도 하잖아."

"잘못 볼 리 없어. 왜냐면 사실 나는 그 언니와 대학교 때 사귀었었거든."

모두가 입을 다물었다. 이야기가 갑자기 대학교 시절로 옮겨가 다들 머릿속에서 정리할 시간이 필요했을 수 있다.

"뭐, 그녀와는 많은 일들이 있었지. 일단 여기까지는

실화야. 나머지는 이걸 어떻게 다듬어서 소설로 만들지 고민 중인 거지."

"······미사키."

가나데가 중얼거렸다. 목소리는 작았지만 허스키한 그녀의 목소리는 내 귀에까지 똑똑히 들렸다.

"미사키?"

"뭐야? 그게 언니의 이름?"

"왜 오기와라 씨가 알고 있는 거지?"

"여동생의 이름은 뭔데?"

"잠깐만 정리 좀 해도 될까?"

모두의 입을 막고 가나데가 말했다.

"《미사키》라는 소설이 있었어. 오토사카 교시로의 데뷔작. 내가 그걸 보고 마음에 들어서 《푸른 하늘》이라는 문예지에 발표했거든. 내 첫 작품이기도 해."

"그건 참 좋은 소설이었죠. 《미사키》는 그해 신인상을 탔고, 책도 꽤 팔리지 않았던가요?"

니시자키 오리베도 기억하고 있었다.

"전혀 안 팔렸어요."

"그랬나? 그러고 보니 첫사랑과 재회하는 내용이었지?"

"맞아. 사귀었는데 친구에게 빼앗기는."

가나데의 말투는 뭔가를 토해내는 듯했다.

"와, 스토리가 엄청 어둡네!"

"그것도 실화?"

"보고 싶어!"

주위가 소란스러워졌다. 가나데는 잔에 든 와인을 단숨에 들이키고 빈 잔을 테이블 위에 쾅 하고 내려놓았다. 그리고는 거친 숨을 내쉬며 나를 노려보았다.

"실망이야. 당신의 시계는 언제까지고 거기 멈춰 있잖아."

"……꼭 그렇진 않은데 말이지."

"뭐가 안 그래?《미사키》의 환영을 쫓아서 거기서 멈춘 채잖아. 그러니 그다음을 쓸 수가 없지. 자그마치 20년이나!"

"뭐? 아직도 그 사람을 좋아하는 거야?"

아베 마리모가 나에게 물었지만 질문에 대답한 것은 가나데였다.

"그 사람보다 그 소설에 사로잡혀 있는 거야. 신인상을 받았다 한들 아직 준프로인 애송이가 쓴 어설픈 작문에 불과할 뿐이라고. 그런 걸로 상을 받았으니 자기가 대단한 줄로 착각하게 된 거지. 대단하긴 무슨. 아무튼 대단하다고 생각하게 된 거야. 작가란 인정받고 싶다는 욕구로 똘똘 뭉쳐진 괴물이나 마찬가지니까. 다들 그렇잖아. 안 그래? 그런데 문제는 다음 작품이야. 무엇을 어떻게 써야 좋을지 알 수가 없는 거지.《미사키》는 썼는데 그걸 쓴 자신은 천재였는데……. 그렇게 되면 그딴 쓰레기 소설이 이 사람에게는 성경이나 마찬가지인 거지. 히로인인 미사키는 영원한 성모 마리아고!"

분위기가 차갑게 얼어붙었다. 나는 견딜 수 없었다.

"아, 싫다 싫어! 그만두자고, 이딴 얘기. 옛날에 수도 없이 했으니까."

"혹시 두 사람, 옛날에 만났었던 거야?"

그렇게 말하는 아베 마리모의 얼굴이 창백해졌다.

"사귀기는 무슨! 머릿속에 미사키밖에 없는 남자 따위!"

나는 쓴웃음을 지을 수밖에 없었다. 가나데를 똑바로 볼 수가 없었다. 무릎 언저리에 떨어진 간장 같은 무언가가 바지를 물들이는 걸 지켜보면서 가나데의 말을 듣고만 있었다.

"《미사키》를 만나지 않았더라면, 그 작품을 만나지 않았더라면 분명 지금의 나도 없었을 거야. 그러니까 더 분하다고."

나는 어째서인지 그 자리에서 꼼짝도 하지 못한 채 모두가 돌아갈 때까지 남아서 홀로 묵묵히 소주를 연거푸 들이켰다. 자포자기한 듯 계속.

비틀거리며 마지막 전철에 뛰어들어 빈자리에 몸을 기

댔다. 눈부신 형광등 불빛에 괴로운 한숨이 나왔다.

집에 돌아오니 우편함에 편지가 한 통 들어 있었다. 유리가 보낸 편지였다. 같은 타입의 봉투를 몇 번이나 보았기에 한눈에 알아볼 수 있었다. 편지를 꺼내 들었다.

……유리. 너는 어째서 내게 거짓말만 하는 거니. 옛날에도, 그리고 지금도.

나는 봉투를 손에 든 채 침대에 누워 그대로 잠이 들었다.

꿈을 꾸었다. 나는 꿈속에서 유리의 수수께끼를 풀었다. 그것은《태양은 가득히》의 리플리처럼 선명한 트릭이었다. 잠결에 이걸 소설로 쓰면 재미있겠다며 흥분해서는 그것을 머리맡에 둔 '꿈 노트'에 적었다. 이 노트는 꿈속에서 좋은 아이디어가 떠올랐을 때 잊지 않도록 그때그때 적어두기 위한 것이었다. 실제로 도움이 된 적은 거의 없지만 바로 오늘 이때를 위해 존재했던 것이라고 확신하면서 아이디어를 적은 다음 안심하고 다시 잠들었다.

그러나 다음 날 아침 눈을 떴을 때 편지에 대한 건 깡그리 잊고 말았다. 바닥에 떨어진 뜯지 않은 편지를 보고 이게 뭔지 의아해했을 정도였다.

내 여동생 기억해? 축구부 매니저. 너랑 사이가 좋았잖아.

내게 보내는 연애편지를 내 동생한테 전해달라고 몇 번이
나 부탁하기도 했고. 얄궂게도 걔가 그걸 숨기고는 나에게
보여주지 않았지. 너를 좋아했던 거야. 네가 그 아이의 첫
사랑이었던 거지. 당사자는 지금까지 자신이 한 일을 후회
하고 있어. 부디 용서해줬으면 해. 그리고 답장은 필요 없
지만, 혹시 답장이 하고 싶다면 아래 주소로 보내주면 좋
을 것 같아. 마음이 내킨다면 답장 부탁해…….

주소가 하나 있었고 주소 마지막에 '하토바 댁'이라고
적혀 있었다. 학생 시절 하숙을 했던 집의 주소도 이런 식
으로 적었다는 게 기억났다. 자기 집이 아닌 하숙 같은 경
우 주인집의 이름을 '○○ 댁'이라고 적었다. 그녀는 지금
대체 어떤 상황인 걸까. 남편과 싸우고 친구 집에 몸을 의
탁한 건가? 그렇다면 정말로 면목이 없다.

숙취가 심해서 깊이 생각하기 어려웠지만 이 편지의
의미에 대해 짚어보지 않고서는 견딜 수 없었다. 냉장고
에서 500밀리리터짜리 탄산수를 꺼내 단숨에 들이켜서
머리를 식혔다.

내가 정리한 내용은 다음과 같다.

나는 아유미와 소요카가 보낸 편지를 네가 보낸 거라
고 착각했다. 봉투에는 친정 주소가 적혀 있었고, 우표
소인에도 친정이 있는 '나카타가이'라는 글자가 찍혀 있

으니 네 친정에서 보낸 게 분명했다. 한편 유리가 보낸 편지는 봉투에 주소가 없는 게 특징이었고 소인도 '이즈미'라는 글자였다. 아마도 유리가 살고 있는 곳이 아닐까 싶었다.

친정에서 보내는 편지와 유리가 보내는 편지 모두 보내는 사람이 도노 미사키였지만 그게 친정에서 보낸 건지 유리가 보낸 건지 착각할 일은 없었다.

그걸 전제로 이 2주 동안의 편지에서 흥미로운 현상을 관찰할 수 있었다. 두 편지 모두 여동생 유리에 대해 기억하고 있느냐고 물어온 것이다. 먼저 친정에서 보낸 편지에 그 질문이 있었고 나는 답장을 썼다. 이미 도착한 지 며칠이 지났을 것이다. 그리고 이번 유리의 편지에도 동생에 대해 기억하고 있느냐는 질문이 있었다.

유리는 내가 친정에 보낸 편지를 보지 않았다. 하지만 중복된 질문만으로는 어쩐지 설명이 부족했다. 어떤 사정으로 엇갈렸을 수도 있다. 유리가 이 편지를 보낸 후에 친정 쪽에 도착한 내 답장을 보았을 가능성 역시 부정할 수 없었다.

내가 검증하고 싶은 건 유리와 네가 연결되어 있는가 하는 점이었다. 우리들의 편지는 언제부터인가 알 수 없는 삼각관계를 구축하고 말았다. 유리의 편지가 일방적이라면 친정 쪽에서 보내오는 편지는 쌍방향이었다. 그

렇다면 유리와 친정은? 다시 말하지만 이 시점에서 친정
이란 바로 너를 뜻하는 것으로 너희의 딸들에 대해서는
전혀 예상하지 못했었다.

　과연 유리와 너는 연결되어 있는가, 그렇지 않은가. 그
리고 이것이 의미하는 바는 무엇인가.

　……그렇게 생각하던 찰나 기시감을 느꼈다. 그제야
어젯밤에 만취한 상태로 우체통에서 이 편지를 발견했
던 기억이 떠올랐다. 나아가 유리의 트릭을 밝혀내고는
그걸 노트에 적어두었다는 사실도.

　'맞아. 나는 이미 이 수수께끼를 풀었었어!'

　나는 서둘러 침대 머리맡의 '꿈 노트'를 펼쳤다. 엉망
인 글씨체로 이렇게 적혀 있었다.

　《태양은 가득히》의 톰 리플리보다도 선명한 트릭."

　그것이 어떤 트릭이었는지 궁금했지만 거기에 대한 내
용은 없었다.

　나는 낙담했다.

　하지만 다른 아이디어가 떠올랐다.

　그렇다면 리플리를 취재하자.

13장. 비밀

시골 생활은 따분할 거라고 생각했던 소요카였지만, 집안일을 돕다 보니 이래저래 바빠져서 도시에서는 느낄 수 없는 신비스럽고도 충실한 시간을 보냈다. 도노 가문은 다테 번을 섬기던 무사 가문이었다. 외할아버지 고키치의 조부는 남작으로서 집안 자체가 행세깨나 했다. 고키치는 고고학자로 도호쿠대학 교수를 역임했다. 고키치의 서재에는 방대한 양의 책이 있었다. 낮에는 이 서재에서 헤드폰을 끼고 컴퓨터를 만지고 있는 탓에 멋쟁이 노인처럼 보였다. 처음에 소요카는 할아버지가 음악이라도 듣고 있는 건가 했는데, 컴퓨터가 읽어주는 문장을 헤드폰으로 듣고 있는 것이었다. 소요카는 독서를 좋아하는 외할아버지가 눈이 안 좋아져서 얼마나 괴로울지 생각했다.

외할머니 준코는 전에는 초등학교 선생님이었고, 현재는 자칭 요리 연구가다. 그녀는 밭갈이 한번 제대로 하지 않아 잡초가 가득한 뒤뜰의 텃밭에서 토마토, 양상추 따위를 길렀다. 소요카가 보기에 외할머니는 농사에 그다지 소질이 없었지만 준코 스스로는 유서 깊은 자연 농법이라고 주장했다. 가끔씩 식탁에 오르는 준코가 직접 기른 채소에 직판장에서 파는 풍부한 지역 농산물, 이웃이 나눔해주는 것까지 다른 건 몰라도 채소는 끊길 일이 없었다. 그중 일부는 소요카의 집에도 자주 보내졌기 때문에 소요카는 어렸을 때 엄마가 마트에서 채소를 사는 모습을 본 적이 거의 없었다. 외할머니네 부엌에서 참마, 고추냉이, 생강 등을 가는 일은 소요카 담당이었다. 음식물 쓰레기는 뒤뜰에 버려서 자연으로 되돌리는데, 이 일도 소요카 몫이었다. 집에 있을 때는 늘 엄마가 해주던 일이라 잘 몰랐건만 직접 해보니 얼마나 귀찮은지 통감했다. 소요카는 식재료를 갈 뿐이지만 아유미는 준코를 도와서

난이도가 더 높은 부엌일을 맡았다. 편의점에서 간단히 사면 될 것들도 여기서는 상당한 수고를 들였다. 하지만 준코는 이런 걸 수고로 여기지 않았다. 어쩌면 외할머니 세대에게는 당연히 해야 할 일일 수도.

"요리 과정에 참여해서 그런가 훨씬 더 맛있는 것 같지?"

아유미의 말에 곰곰히 생각해보니 소요카 본인이 담당하는 참마나 고추냉이나 생강 따위를 최근에 더욱 좋아하게 되었다는 사실을 깨달았다. 그렇구나. 내가 직접 해서 더 좋은 거구나. 하지만 이런 체험도 슬슬 막바지를 향해 가고 있었다.

가미가미네공원의 여름 축제는 외할머니 시대부터 존재했다. 오락이 없던 당시에는 지금보다 훨씬 더 성황이었다고 한다. 준코는 축제에 가고 싶다는 손녀들에게 유카타 두 벌을 준비해주었다. 두 사람의 엄마들이 10대 때 여름에 입던 유카타였다. 연보라색 자양화와 흰색 나팔꽃.

"어느 게 엄마 거야?"

"너희 엄마들은 뭐든 바꿔가며 입었으니까. 어느 게 누구 거라는 개념은 없었다. 이 유카타도 그렇고."

소요카의 질문에 준코가 대답했다.

"뭐야, 딱 우리 같잖아."

소요카가 말했다.

"'우리'가 아니라 '너'겠지."

아유미가 정정했다. 실제로 소요카는 아유미의 옷을 마치 자기 옷처럼 입었다.

"옷장에서 멋대로 꺼내서 입고 말이야."

"일단 빌린다고 말하고 입긴 하잖아."

비꼬는 아유미에게 소요카가 혀를 내밀었다.

아유미는 고등학교 3학년, 소요카는 중학교 3학년. 3년이라는 차이가 이 나이대에는 꽤 클 테지만, 아유미에게 소요카는 어른 티가 나는 도시 중학생이고 소요카에게 아유미는 미덥지 못한 시골 고등학생이라는 인상이 있었다. 그 결과 둘 사이에는 나이 차가 큰 상관없는 쌍둥이 같은 공감대가 싹텄다. 그렇다고 서로 감추는 것 하나 없이 어떤 것이든 공유할 수 있는 관계까지는 아니었다. 물론 그런 마음은 굴뚝같았으나, 사춘기의 두 사람에게는 완전히 허물 없는 관계를 형성하지 못하는 답답함이 존재했다. 실제로 아유미는 엄마에 대해 말하고 싶어 하지 않았고, 소요카가 보기에 아유미의 가족은 비밀이 너무 많았다.

더군다나 소요카 자신도 아유미에게 말할 수 없는 비밀을 품고 있었다.

가미가미네공원의 여름 축제는 상상 이상으로 떠들썩했다. 외할머니 말로는 전에는 이보다 더 시끌벅적거렸다고 한다. 하지만 소요카는 이 정도로도 충분하다고 생각했다. 평소에는 인적이 드문 시골 마을에서 이 많은 사람들이 다 어디에 있다가 나왔는지 신기했다. 아유미와 나란히 걸으면 왕래하는 사람들과 부딪히지 않고서는 지나갈 수 없을 정도로 북적였다. 마치 만원 전철처럼. 혹은 칠석 축제 때 센다이역 앞 거리처럼.

유카타를 입은 여자아이들이 동심으로 돌아가 솜사탕을 먹거나 금붕어 건지기를 즐겼다. 소요카는 이런 추억의 풍경을 일일이 찍어 인스타그램에 올렸다.

같은 세대도 많아 오랜만의 재회가 여기저기서 이루어졌다. 방학식 이후로 처음 만나거나 다른 학교로 진학한 친구들이 다시 만난 걸 기뻐하는 여름의 한 장면이 펼쳐졌다.

다만 아유미에게는 그런 재회의 순간이 없었다. 소요카는 이상하게 생각했다.

"언니 친구들은 여기 안 와?"

"친구 없어. 이 동네에는. 단 한 명도."

아유미의 대답에 소요카는 후회했다. 물어보아선 안 되는 걸 물어본 걸지도 모른다. 이렇게 매력적인 사촌 언니에게 친구가 없다는 건 무슨 의미일까? 너무 예뻐서 왕

따라도 당하는 건가? 하지만 소요카의 머릿속에 맴도는 추리는 모조리 빗나갔다.

"고등학교는 전학을 안 왔으니까."

"아, 그렇구나."

소요카는 그 사실을 깜박했다. 아유미는 2년 전 엄마, 동생과 함께 외가로 온 이후로 줄곧 이곳에서 살고 있다. 동생인 에이토는 지역 초등학교로 전학했지만 아유미는 아직도 시내 고등학교에 다니고 있었다. 아유미의 친구가 이 동네에 없을 법도 했다.

"그래서 네가 우리 집에 놀러 와서 정말 좋았어."

"진짜? 내가 도움이 됐어?"

"물론이지."

그 말에 소요카는 살짝 안심이 되었다. 마음속 한구석에 비밀을 감추고 있다는 사실이 다소 구원받는 듯한 느낌도 들었다.

"하지만 여름 방학도 이제 곧 끝이네. 또 놀러 와."

"응."

"꼭이야."

아유미의 말에 소요카가 갑자기 입을 다물었다. 소요카의 반응에 아유미가 놀랐다.

"왜 그래?"

"……나 말이지. 조금만 더 여기 있을까 해."

"뭐?"

"언니랑 좀 더 같이 있고 싶어."

"학교는?"

"음, 이쪽 학교로 전학 올까?"

"언제부터 그런 생각을 했어?"

"으음, 어쩌다 보니 조금씩."

"……그렇구나."

아유미는 소요카가 속으로 무슨 생각을 하고 있는 건지 좀처럼 갈피를 잡을 수 없었다.

"어때? 좋은 생각이지?"

"정말로 그렇게 되면 좋긴 하겠지만. 외할머니께는 이야기했어?"

"아직. 하지만 외할머니는 분명 기뻐하실 거야. 외할아버지도."

"글쎄. 그건 물어보기 전까지는 알 수 없지 않을까?"

"응, 알았어. 물어볼게."

그렇게 말하는 소요카의 표정이 그리 밝지 않았다. 아유미는 뭔가가 있다고 생각했다. 아유미는 일부러 좀 더 파고들어보기로 했다.

"소요카, 혹시 내가 걱정돼서 그러는 거야?"

"응, 당연히 걱정이지."

"그런 거라면 걱정하지 마! 오히려 그럼 더 부담된달

까. 전학까지 올 필요는 없어. 너랑 같이 있는 건 좋지만 주말에 놀러 와도 되잖아."

하지만 소요카는 아유미의 제안에 꿈적도 하지 않았다.

'아, 뭔가 다른 사정이 있구나.'

아유미는 직감했다.

학교에서 괴롭힘이라도 당하고 있는 건 아닐까.

집에 돌아와서도, 밤이 되어도 소요카가 이 이야기를 외조부모에게 한 듯한 기색은 보이지 않았다. 소요카는 아유미에게 다시 그 화제를 꺼내지도 않았다. 다음 날이 되어서도, 그다음 날이 되어서도. 평소와 다름없이 활기찬 소요카였지만 이따금 생각에 잠기거나 마음이 떠난 듯한 모습이 엿보였다. 생각해보니 처음부터 그랬던 것 같기도 하다. 그걸 알아차리지 못했을 뿐이었는지도. 그렇게 생각하니 아유미는 소요카에게 미안한 마음이 들었다.

'이모에게 상담하는 게 나으려나?'

그런 식으로도 생각해보았지만 일이 커지기라도 하면 소요카에게 더 미안할 것 같아서 잠시 상황을 지켜만 보기로 했다.

그 무렵 나는 다시 센다이 땅을 밟았다. 동창회가 있은 지 보름 만의 귀향이었다. 유리를 만나겠다는 목적도 있었지만 내 안에서 하나 결심한 게 있었다. 이 소설. 이 소설을 완성하면 원고를 너에게 보내자. 그것으로 작가로서의 오토사카 교시로에 종지부를 찍자,라고 마음먹었다.

그때까지는 그랬다.

나는 유리가 알려준 새로운 주소를 찾아갔다.

센다이시 이즈미구 야오토메.

야오토메라는 지명은 들어본 적이 있었다. 먼 친척이 살았는지, 아니면 아버지가 일하던 회사 영업소라도 있었는지 들어본 적은 있지만 어쨌든 내가 기억하는 한 가본 적은 없었다.

'하토바 댁'은 언덕 중간의 구옥이었다. 집의 외관과는 어울리지 않는 돌로 만들어진 멋진 팻말이 눈에 띄었다. 거기에는 하토바 쇼조라는 이름이 새겨져 있었다.

초인종을 눌렀다. "네." 하는 여자의 목소리가 들리고 문이 열렸다.

내 얼굴을 보고 놀란 사람은 다름 아닌 유리였다. 유리는 바로 문을 닫아버렸다.

"어, 어떻게 여기를?"

"주소를 보내줬잖아. 여기는…… 누구 집이야?"

"아, 아는 사람의 아는 사람네……. 갑자기 찾아오면 어떡해!"

"불편해?"

"물론이지!"

"나중에 다시 올까?"

"아니, 잠깐. 이런 복장으로……. 잠깐 기다려줄 수 있어?"

유리는 그렇게 말하더니 발소리를 울리며 현관에서 사라졌다. 다시 문이 열렸을 때에는 아까보다 좀 더 화장을 한 상태였다.

"미안해! 기다렸지! 어떻게 할까? 저쪽에 공원 있는데 거기서 얘기할까?"

"뭐, 나는 어디든 괜찮아."

유리가 신발을 신으려 하는데 안에서 노인이 나왔다.

"우리 집에서 얘기해."

"네?"

"사람들 이목이 신경 쓰일 거 아닌가. 나는 잠시 산책이라도 다녀오지."

노인이 그렇게 말하고 집에서 나갔다.

집에는 나와 유리만이 남겨졌다.

"미안해. 이런 곳에서. 수수께끼의 독거노인 집이라 미안해. 차라도 내올게."

"편하게 해."

나는 거실 소파에 앉았다.

"편지 읽었어?"

유리의 목소리에 긴장감이 느껴졌다. 갑자기 나까지 긴장되기 시작했다.

"읽었어. 매번 즐겁게."

"미안해. 너무 한심한 주부의 불평뿐이라."

책상 위에 낯익은 편지지와 봉투가 있었다. 편지지에는 쓰다 만 문장이 있었고 '여동생'과 '유리'라는 단어가 곳곳에 보였다. 그렇군. 여기가 리플리의 비밀 기지였군.

"보지 마! 아, 정말."

유리는 황급히 편지지 세트를 정리하고 말을 돌렸다.

"아, 그리고 보니 그 소설! 동창회 때 말했었잖아. 기억이 안 나서. 무슨 소설이야?"

"내가 쓴 소설 제목은 《미사키》라고 해."

내 대답에 차를 끓이기 위해 싱크대로 돌아가던 유리의 움직임이 멈추었다.

"……《미사키》."

"어라? 네가 모델인 소설이잖아. 당연히 읽었겠지? 잊을 리가 없을 텐데."

뒤돌아선 유리의 얼굴이 딱딱하게 굳어 있었다. 나는 뜸 들이지 않고 핵심을 밝혔다.

"알고 있었어. 너는 미사키가 아니라 유리잖아."

"……뭐?"

유리는 동요를 감추지 않았다.

"미안. 처음부터 알고 있었어. 동창회 날 봤을 때부터. 왜 다들 못 알아봤던 걸까. 그게 이상해서."

"……그랬나요?"

"게다가 너는 너대로 미사키 흉내를 내고 있고. 상황이 너무 이상했지만 결국 너의 그 거짓말에 편승하고 말았어."

"알고서 그랬다는 건가요? 대답해주세요!"

"미안, 미안. 그냥 재밌잖아!"

"대답하세요! 아, 정말! 나만 완전 못된 거짓말쟁이 같고, 선배를 속인 것 같잖아요?"

"그럼 아니야?"

"하, 결과적으로는 그렇지만. 결과적인 것과 의도적인 것은 하늘과 땅만큼 차이가 있으니까."

"나도 너를 비난하려고 여기 온 거 아니야. 나는 나대로 즐거운 일이었으니까. 오히려 고마워하고 있어. 굳이 어느 쪽이냐 하면, 사과하고 싶어. 네 집에 원치 않은 분란을 일으켜서 정말 미안해."

"아니, 아니, 그건……. 거짓말을 한 제가 나빴죠."

"그런데 왜 그런 거짓말을 했어? 그걸 알고 싶어. 그래서 여기 온 거야."

유리는 갑자기 알 수 없는 표정을 짓더니 의자에 앉

았다. 몸은 내 쪽을 향했지만 시선은 내 발치에 떨군 상태였다. 그리고 뭔가 말하기 거북한 듯한 목소리로 이렇게 말했다.

"사실은…… 언니가 죽었어요."

갑자기 네 '죽음'을 선고받은 나는 아무런 마음의 준비도 못한 채 그 선고를 제대로 받아들이지 못했다. 어쩌면 네가 결혼했다는 선고를 받는 게 더 가슴 아팠을지도 모른다. 그만큼이나 나는 어떤 무감각하고 무감동한 마음으로 네 '죽음'을 전달받았다. 유리도 내 차가운 반응을 의외라고 생각했을까. 아니, 그렇게 느낀 건 내 착각일 뿐이고 유리가 보기에는 엄청난 충격을 받은 내가 그곳에 있었을 것이다.

"……어, ……언제?"

"지난달에요. 7월 29일. 원래는 언니의 부고를 알리러 동창회에 갔던 거예요. 그 말을 전할 분위기가 아니라 아무 말도 못하고 돌아왔지만."

"……죽었다니, 어떻게."

"병으로."

"병……. 무슨 병?"

"마음의 병이에요. ……심각한 우울증."

"……우울증……."

"마지막에는 스스로. 주위에는 병 때문에 죽었다고 했

지만."

"……그랬구나."

"숨기지 말걸 그랬나요? 어떤 게 옳은 건지 잘 모르겠어요."

유리는 분한 듯한 눈길로 자신의 손을 내려다보았다. 창으로 비치는 석양이 유리의 얼굴을 붉게 비추었다. 고개를 숙인 유리의 모습은 미사키를 꼭 닮았다. 같은 피를 나눈 자매이니 닮은 게 당연했다. 자세히 보면 공통점도 많았다. 코, 눈썹, 눈가, 턱선……. 그런 식으로 유리의 얼굴을 바라보니 지난날 대학교 시절 미사키의 모습이 겹쳐 보여 나도 모르게 눈시울이 붉어졌다.

"……나와 미사키는 같은 대학이었는데."

"네? 그랬어요?"

"사귀었어. 우리."

"네?"

"몰랐어?"

"몰랐어요."

"그때의 일을 소설로 썼어.《미사키》라는 제목의 소설. 그걸로 작은 상도 받았고. 다음 작품을 쓰려고 노력 중이지만 네 언니의 환상에서 아직 벗어나지를 못해서. 정신을 차려보니 한심하게도 미사키에 대해서만 쓰고 있는 내가 있더라. 결국 같은 걸 반복하기만 한 끝에 지금까지 출간한 책은 《미사키》 단 한 권뿐이야. 지금 쓰고 있는 소설도 미사키와 관련된 이야기고. 그걸 다 쓰면 미사키에게 보여주고 싶었어. 미사키가 소설을 읽어준다면 그 길로 소설가를 그만두려고 했거든."

"언니와는, 언니가 대학교에 갔을 무렵부터 멀어졌거든요. 언니가 대학교 때 일종의 사랑의 도피 같은 결혼을 해서요."

"아토…… 아토 요이치?"

"알고 있어요?"

"응. 대학 시절에 잠시. 대학교 선배인 줄 알았는데 사실은 우리 학교 학생도 아니었어. 지금까지 정체를 알 수 없다니까. 미사키를 그 녀석에게 뺏겨버린 거나 마찬가지야."

"정말로 정체를 알 수 없는 사람이었어요. 일도 하지 않고 언니에게 빌붙어 사는 듯한 남자였어요. 폭력도 심해서 술만 들어갔다 하면 언니한테 자주 손찌검을 했던 것 같더라고요."

"뭐? 그런 일이……."

"하지만 언니는 그런 얘기를 잘 안 하는 사람이라서요. 결혼한 지 20년 넘게 엄청나게 학대당했던 것 같아요. 그런데 우리는 그런 것도 전혀 모르고. 어느 날 우리 집에 아유미가 찾아왔어요. 언니 딸이요. 보니까 아유미

얼굴이 파랗게 멍이 들어 있는 거예요. 눈가에. 깜짝 놀라서 사정을 캐물으니 엄마를 구해달라는 거예요. 처음에는 부부 싸움이라도 했나 싶었어요. 집에 갔더니 초췌해진 언니가 있었어요. 남편이란 작자는 시치미 뚝 떼고 우리를 맞이하더니 차가 떨어졌다면서 좀 사 오겠다고 나가서 자취를 감춰버렸고요."

"뭐?"

"지금까지 어디 갔는지조차 알 수가 없어요. 언니는…… 그런 남자에게 인생을 송두리째 빼앗긴 거예요. 마음의 상처가 낫질 않아서. 몇 번이나 손목을 긋고. 자살 미수를 반복하다가 마지막에는 산에서……. 너무 분해요. 선배와 결혼했더라면……."

문을 여니 자줏빛으로 물든 하늘에 눈이 부셨다. 유리는 버스 정류장까지 나를 배웅해주었다.

중간에 작은 공원이 있었고 벤치에 앉아 있는 하토바노인이 보였다. 노인은 이쪽을 알아보고는 웃는 얼굴로 손을 흔들었다. 우리도 꾸벅 인사를 했다.

버스 정류장 벤치에 앉아 멍하니 저녁노을로 물드는 주변 경치를 바라보았다. 아직 네 죽음을 제대로 실감하지 못하는 한심한 내가 있었다.

"한 5분 정도면 오겠네요."

유리가 버스 정류장 시간표를 보고 말했다.

그리고 내 옆에 앉았다. 이 한때를 즐기는 것처럼 보이는 미소 띤 얼굴이었다. 그 모습은 딱 중학교 때 유리였다. 천진난만하고 결코 미워할 수 없는 이 아이에게 중학생이라는 어린 나이에 상처를 주고 말았다. 어쩌면 당시의 나는 너를 좋아한다고 생각하면서 유리와의 한때를 즐겼는지도 모른다. 그리고 그 한때를 애지중지했었다. 어쨌든 모든 한때는 헛되이 사라진다. 나와 유리에게 주어진 한때가 고작 5분이었던 것처럼.

태양의 일부가 산등성이로 엿보였다. 그 빛은 모래시계처럼 조금씩 줄어들었다.

유리가 말했다.

"그 소설을 볼 수 있을까요?"

"절판이라 살 수 없을 거야."

나는 그렇게 말하며 가방에서 《미사키》를 꺼냈다. 기억을 돌이켜보는 자료로서 한 권씩 들고 다니던 게 있었다.

"여기저기 많이 낡아서 미안하지만 이거라도 괜찮다면 줄게."

"우와, 정말로요? 고맙습니다!"

유리는 《미사키》를 손에 들더니 기쁜 듯이 책을 바라보았다. 이 책이 처음으로 미사키의 여동생 손에 들어간 결정적 순간이었다. 좀 더 빨리 건네주었어야 했다는 생각과 주지 말았어야 했다는 생각이 교차했다. 유리에게는 자극이 강할 것이다.

"다소 적나라한 이야기들이 있는데 소설이니 양해해 줬으면 해."

"오, 기대돼요!"

유리의 반응에 나는 다소 당황했다.

"하지만 거짓은 아닐 거 아녜요?"

"그렇지. 어떻게 보면 실화라 할 수 있지."

"기대돼요. 전 언니의 대학 시절을 전혀 모르니까."

나는 부끄러운 마음에 애꿎은 콧잔등만 긁적였다.《미사키》에는 즐거운 대학 생활이 그려져 있거나 하지는 않았다. 하지만 네가 죽었다는 사실을 알게 된 지금 여동생인 유리에게 나만이 알고 있는 너에 대한 이야기를 전해야 할 의무가 있지 않나 싶었다.

"도쿄로 돌아가세요?"

"아니. 좀 돌아보고 싶은 데가 있어."

"취재인가요?"

"응. 미사키가 살던 곳이라든가."

"이젠 아무도 안 살아요. 건물 자체가 없어졌을 수도 있고요. 장소는 아세요? 주소라면 제가 알려드릴 수 있는데."

"이치반초 아닌가?"

"아, 맞아요."

"알아. 전에 편지를 보낸 적이 있거든. 그 주소는 제대로 기억하고 있어. 대학 시절 미사키가 보낸 연하장 주소로 내가 쓴 소설을 보냈으니까. 답장은 안 왔지만. 그때 쓴 소설이《미사키》가 됐어."

"그랬군요."

유리는《미사키》의 표지를 다시 한번 살폈다. 감개무량한 듯했다. 한 페이지씩 넘기던 손길이 멈추었다.

"이건…… 저잖아요!"

소설 서두에 유리와 관련된 에피소드가 잠깐 등장했다.

"미안. 너 맞아."

"우와, 너무 좋아요."

유리는 순수하게 기뻐하며 그 페이지를 읽다가 점차 미간이 찌푸려졌다. 유리에게는 반갑지 않은 묘사가 담겨서였을 것이다.

"으음."

"그러니까 미안."

"아니, 괜찮아요. 아무튼 기뻐요."

책을 덮은 유리는 뭔가 응어리가 남은 듯한 표정이었지만 태연한 척 나에게 말했다.

"소설은 잘 모르지만 언니에 대해서는 꼭 더 써주세요. 언니 흉내를 내며 편지를 썼더니 왠지 언니의 인생이 아직도 계속되는 듯한 느낌이 들었어요. 누군가가 그 사람을 계속 생각한다면 곁에 없을지언정 마음속에는 살아 있잖아요."

버스가 왔다. 나는 유리의 말에 고개를 끄덕여 보이기는 했으나 속으로는 일말의 죄책감을 느꼈다. 왜냐하면 이제 소설가로서의 역할을 그만하기로 마음먹었기 때문이다. 나는 미안하다는 말을 속으로 삼킨 채 버스에 올랐다. 손을 흔드는 유리의 미소가 창문 너머로 작아지더니 이윽고 사라졌다.

그 모습에 지난날의 네가 겹쳐 보였다.

태양은 산 저편으로 저물어 서쪽 하늘을 새빨갛게 물들였다. 엄마로 보이는 사람이 어린아이의 손을 잡고 있었다. 그 신성한 실루엣에 눈앞이 아찔해졌다.

아, 네가 더 이상 이 세상에 없다니.

동쪽 하늘에서 심연 같은 어둠이 다가오고 있었다.

다음 날 오후가 되어서도 나는 역 앞 비즈니스호텔 침대에서 일어나지 못했다. 사고가 경련해서 뇌가 불타버릴 것 같았다. 머릿속에서 아무런 정리도 할 수가 없었다.

이제 소설을 쓸 기력은 어디에도 없지만 써야만 한다고 생각했다. 그게 너를 위해 내가 할 수 있는 유일한 일이라고 생각했다. 움직여야 했다. 움직여서 취재를 계속해야 했다.

3시경 나는 간신히 밖으로 나왔다. 네가 살고 있던 곳을 보아두어야 한다고 생각했다. 그 주소는 조사할 필요도 없이 내 기억에 제대로 새겨져 있었다. 그곳은 호텔에서 걸어서 그리 멀지 않은 곳이었다.

센다이시 아오바구 이치반초 욘초메 X-X 메종 이치반초

이치반초는 센다이시 중심부에서도 정중앙이었다. 대학 시절 너에게서 받은 유일한 연하장에 적혀 있던 주소가 이곳이고, 유리의 말에 따르면 아토 요이치와 가족 넷이서 살았던 곳도 같은 주소였다. 아토는 소식불통. 네가 딸과 아들을 데리고 친정으로 돌아온 뒤에 그 장소는 어떻게 되었을까? 네가 살았었던 그곳을 느껴보고 싶었다.

그 주소를 찾아가서는 할 말을 잊었다. 센다이시 중심부에 이런 장소가 있었던가, 하고 깜짝 놀랐다. 메종 이치반초라는 이름 탓에 나름 고급스러운 아파트를 상상했지만, 4층짜리 낡고 더러운 건물로 사람이 살았으리라고는 상상조차 되지 않을 정도로 황폐한 상태였다.

계단을 올라 2층으로 갔다. 어느 집도 인기척이 없었다. 문 옆 우체통에는 먼지가 수북이 쌓여 있고 틈새로 삐져나온 전단지는 색이 바랬다. 사람이 살고 있는 것 같지 않은 빈집뿐이었다.

너희가 살았던 집은 204호였다. 놀랍게도 그곳만 인기척이 느껴졌다. 문 옆에 놓인 비닐우산은 새것이었고 우체통의 우편물도 새로운 것들이었다. 문득 신경이 쓰여 우편물을 꺼내보았다. 선거 투표 안내장이 있었고 주민의 이름이 눈에 들어왔다.

아토 요이치

그 꺼림칙한 이름에 심장이 멈출 것 같았다. 유리는 실종되었다고 말했지만 설마 아직도 여기 있는 건가. ……대체 어찌 된 영문인지.

갑자기 눈앞의 문이 열려서 이마를 세게 부딪치고 말았다.

"아! 죄송합니다!"

문을 연 사람이 얼굴을 내밀었다.

"아, 괜찮습니다."

나는 비틀거리며 고개를 숙였다.

"무슨 일이시죠?"

30대에서 40대 사이로 보이는 여자였다. 한 손에 쓰레기봉투를 들고 있었는데 산처럼 부푼 배가 눈길을 끌었다. 여자는 임신 중이었다.

"아, 죄송합니다. 저는 전에 여기 살았던 사람의 친구인데요."

나는 투표 안내 봉투를 여자에게 건넸다.

"근처에 온 김에 보고 싶어서⋯⋯."

여자는 의아한 얼굴로 나를 보다가 말했다.

"미사키 씨인가요?"

"네?"

"전에 여기 살았던 사람이."

"알고 계시나요?"

"아뇨, 직접적으로는. 남편의 전 부인인데 그 정도밖에 몰라요."

"남편이라니⋯⋯."

"이 사람."

여자는 방금 전 투표 안내장에 적힌 이름을 가리켰다.

"아토. 여기 있나요? 아토 요이치?"

"네."

"언제부터?"

"언제부터? 글쎄요. 계속이 아닐까요? 저는 1년 정도 지만요, 여기는. 지금 일하는 중인데 연락해볼까요?"

'네'라고도 '아니오'라고도 대답하기 힘들어 고민하는 사이에 여자가 휴대 전화로 문자를 전송해버렸다.

"안으로 들어오시겠어요?"

"네? 아뇨, 아뇨."

"아, 답장 왔네요! 누구냐는데요? 아, 그렇구나. 성함이?"

"네? ……오토사카라고 합니다. 갑을 할 때의 을(乙) 자에 비탈 판(坂) 자를 씁니다."

"음악의 음(音) 자로 보내버렸네요(乙과 音의 일본어 발음이 같다 ― 옮긴이)."

"괜찮습니다."

"집에서 기다려달라는군요. 안으로 들어오세요."

"그, 그런가요."

"자, 들어오세요. 덥죠? 집도 냉방이 좀 시원찮긴 하지만."

여자가 재촉하기에 도망치지도 못한 채 별 수 없이 안으로 들어갔다. 이럴 수가. 기대도 하지 않았는데 아토를 만날 기회를 얻고 말았다. 그와 만나는 건 대학교 시절 이후 처음이었다. 그로부터 24년. 모든 게 이미 오래전 과거에 불과할 텐데. 기분 나쁜 심장 박동을 억누를 길이 없었다.

비좁은 집 안에 물건이 가득했음에도 아주 깔끔하게 정돈되어 있었다. 이 여자가 정리했을 것이다. 어슴푸레한 방 안에서 다른 할 일이라고는 없었던 듯 그저 끊임없이 청소만 계속했을 그녀의 일상을 상상하니 그 모습이 또 너와 겹쳐 보였다.

네가 이런 데서 아이들과 살았던 거구나.

여자는 앉은뱅이 밥상 옆에 방석을 깔고 내게 앉으라고 권하고는 차를 준비하기 시작했다.

"부인의 성함은?"

"사카에라고 해요. 부인은 아니에요."

"아, 죄송합니다."

사카에…… 성일까 이름일까.

사카에라는 그 여자는 차를 준비하면서 무의식적으로 콧노래를 불렀다. 갑작스런 손님의 방문에 어째서인지 즐거운 것처럼 보였다.

유폐.

그런 단어가 머릿속을 스친다. 아토에게 자유를 빼앗기고 사람과의 교류의 장도 빼앗긴 채, 일면식도 없는 손님의 방문에 가슴이 뛸 정도로 평소 생활이 무미건조했다. 그런 그녀의 하루하루를 멋대로 상상해보았다. 그리고 그걸 네 경우와 겹쳐보았다.

아토라는 남자에 대한 분노가 억누르기 힘들 정도로 끓어올랐다.

"아토는 좀 제멋대로이지 않나요?"

문득 물었다.

"그렇죠. 아시잖아요? 그 사람에 대해."

사카에는 그렇게 말하며 쓴웃음을 지었다. 무엇 하나

변한 게 없는 모양이었다. 아토는 예나 지금이나 변하지 않았다.

사카에가 내게 물었다.

"무슨 일하세요?"

"저 말인가요? 소설가입니다. ……안 팔리는."

"어머나, 혹시 이 책을 쓴 분?"

여자는 책장에서 책을 한 권 꺼내서 내게 내밀었다.

"네, 그렇습니다."

그건 바로 《미사키》 단행본이었다.

"읽지는 않았는데, 이거 재밌나요?"

대답하기 어려웠다. 그렇다고 해도 대체 이 책이 왜 여기에? 아토는 읽었으려나? 그 소설에는 아토 본인이 등장했다. 악역으로. 이걸 읽었다면 그는 어떤 감상을 품었을까. 노란 표지는 새것처럼 상처 하나 없었다. 읽었을까? 읽지 않았을까? 이 책이 왜 여기 있는 걸까?

심장이 엄청나게 빨리 뛰었다.

여자가 휴대 전화를 보았다. 아토에게 연락이 온 모양이었다.

"어머나. 밖에서 한잔하고 싶은가 봐요."

이렇게 된 이상 아토를 만날 수밖에 없었다. 나는 도망치거나 숨을 입장이 아니었지만 아토는 반대였다. 그가 진심으로 날 만날 생각인 건가.

아토 따위에게 안절부절못하는 내가 한심했다.

덕분에 다시금 깨달았다.

아토라는 남자가 내 인생 최대의 트라우마라는 사실을.

여자는 나를 근처 가게까지 안내해주었다. 고쿠분초의 빌딩 지하에 위치한 평범한 술집이었다. 가게 가장 안쪽 자리에서 홀로 술을 마시던 남자가 이쪽을 알아보고 손을 흔들었다. 아토 요이치는 상상 이상으로 그대로였다.

"그럼 저는 이만. 너무 많이 마시게 하지는 마세요. 주사가 있으니까."

사카에라는 여자는 그렇게 말하고 돌아가버렸다. 나는 돌아서서 다시 아토를 보았다. 아토가 웃는 얼굴로 손짓하고 있었다. 활기로 가득 찬 당당한 모습이었다. 변함이 없었다. 대학 시절부터 변함없는 에너지. 그건 성공한 사람이라는 암시였다. 이 남자는 선택받은 존재였을 수도 있는데 모든 걸 헛되이 돌린 채 살고 있는 듯했다. 이 세상에 질려서 증오만 남아 다음 생을 기대하며 의미 없이 하루하루를 살아내는 것 같기도 했다. 가까이 다가갈수록 날카로운 눈초리, 짙은 눈썹, 커다란 매부리코, 자신만만하게 비뚤어진 입, 짙은 수염이 보였다. 외모에서 풍기는 분위기는 지난날과 달라진 게 전혀 없었다.

서로 손이 닿을 위치까지 다가가자 아토가 천천히 악수를 청했다. 아토의 실팍한 손과 맞잡은 내 손은 공포로 비명을 지를 듯했다. 솔직히 도망가고 싶었다.

"어이, 오랜만이야! 잘 지냈어?"

첼로 선율 같은 낮고 묵직한 목소리. 등골이 떨려서 찌릿찌릿 울렸다. 번지르르한 머리에서 감도는 강한 시트러스 계열 냄새가 콧속을 직격해 온몸의 털이 곤두섰다.

"음."

"갑자기 무슨 일이야?"

"아니, 그게."

"취재인가? 소설 소재라도 찾으러 온 거겠지. 내 말 맞지? 뭐 마실래? 맥주부터?"

아토는 내 대답을 듣기 전에 생맥주 두 잔을 주문했다.

"몇 년 만이지?"

"20년 정도?"

"우리 집은 어떻게 안 거야?"

"옛날에 미사키한테서 연하장을 받은 적이 있었거든. 거기에 주소가 있었으니까."

"흐음, 그랬구나."

"설마 지금도 거기서 살 거라고는 생각 못했어."

"어디 갈 데가 있어야지."

점원이 생맥주 두 잔을 들고 왔다.

"맥주 나왔습니다!"

"너무 빠르잖아. 미리 받아놓은 거 아냐? 보니까 젓가락으로 휘휘 저어서 거품만 냈네. 그렇게 하는 거 본 적 있어. 아무튼 자, 건배. 어서 건배! 미적지근한 맥주지만."

나는 어쩔 수 없이 아토와 건배했다. 아토의 말대로 맥주는 시원하지 않았다.

"다 알아. 나 만나러 온 거 아니지? 사실은 그 여자를 만나러 왔잖아. 미사키 말이야. 모르는 여자가 나와서 깜짝 놀랐지?"

"널 만나러 왔어."

"뭐? 그건 반갑네."

"미사키, 죽었어."

허를 찔렸는지 아토의 움직임이 멈추었다.

"……언제?"

"저번 달에. ……자살이래."

"……그래."

"너 우리 학교 학생도 아니었다던데."

"……."

"넌 대체 뭐냐?"

"뭐냐니. ……난 그거야."

아토는 맥주를 단숨에 들이켜고 잔에 남아 있던 소주 역시 단숨에 들이켰다. 괴로운 듯한 숨을 내뱉고는 자세를 고쳐 앉으려다 중심이 무너져 뒤로 넘어졌다. 나는 깜짝 놀라 자리에서 일어섰다. 점원도 놀라서 달려왔다.

"괜찮으세요?"

나는 잠자코 지켜보았다.

"응. 괜찮아, 괜찮아. 의자가 너무 작네!"

아토는 일어서서 그에게는 확실히 작고 가벼운 원탁 의자에 다시 앉았다. 그리고 서 있던 내 소매를 잡아끌었다.

"앉아, 앉아. 미안해. 그래서 뭐였더라? 뭐였더라? 어라? 아, 취재라고 했지. 뭐가 듣고 싶은데? 앉아. 일단 앉으라고."

내가 자리에 앉자 아토는 자신의 더러운 손을 물수건으로 닦으며 말했다.

"뭐야? 마치 그 여자가 죽은 게 내 탓이라는 것처럼."

"그럼 아닌가?"

"그래. 내 탓이지. 네 탓이 아니야."

아토는 몸을 앞으로 내밀며 작은 소리로 말하기 시작했다. 뿜어져 나오는 숨이 뺨에 닿을 듯한 거리였다.

"똑똑히 들어. 너는 말이지, 그 여자 인생에 아무런 영향도 주지 않았어. 읽었거든. 네 소설. 뭐가 '두 사람은 내 앞에서 사라졌다'야? 확실히 우리는 네 앞에서 사라지긴 했지. 하지만 나도 그 여자도 쭉 우리 세계에서 살았을 뿐이야. 그걸 네 멋대로 소설로 쓰고는, 뭐? 너만 정당화하고. 너는 단순히 차였을 뿐이야, 그 여자한테. 근데 뭐야, 네가 그 여자랑 결혼했다면 행복하게 해줬을 거라 생각해? 고작 소설 한 권밖에 안 쓴, 그것도 팔리지도 않는 걸 내놓은 소설가가 여자를 행복하게 해줄 수 있었을까? 아니, 너는 소설가도 아니야. 안 그래? 그 여자에게 차였기 때문에 그 소설이 있는 거잖아? 네가 차이지 않았다면 그 소설조차 없었을 거야, 네 인생에는. 말하자면 그 소설은 나와 그 여자가 너에게 준 선물인 거지. 네 인생에 베푼 위대한 선물. 안 그래?"

나는 아무 말도 하지 못했다. 아토는 미소를 지으며 맥주를 들이켰다. 굳었던 표정이 다소 풀어졌다. 인정하고 싶지는 않지만 그 표정은 여전히 어딘가 매력적이었다.

"나는 소설가 따위 되고 싶다고는 생각하지 않았지만 무엇이든 되고 싶었어. 록 스타든 배우든 뭐든 좋았어. 하지만 중졸자는 선택의 폭이 좁거든. 재능도 없고. 연줄도 없었지. 난 대학교 캠퍼스라는 걸 동경했어. 그래서 학교 식당 주방에서 일했지. 출퇴근길은 학생들과 함께였어. 대체 뭐야, 이 녀석들은? 아무런 고생도 안 하고 내 앞길이나 막고. 그런 때에 그 여자를 만났지. 학교 식당에 나타나는 여학생 중에서도 그 여자는 으뜸이었어. 난 다짐했지. 좋아, 이 여자를 뺏자. 너희들에게서 이 여자를 뺏어버리자. 너는 그냥 단순히 그 여자 옆에 있었을 뿐이야. 나는 너 개인에게서 그 여자를 뺏은 게 아니라 대학생이

랍시고 젠체하는 너네 모두에게서 미사키를 뺏은 거야. 알겠어? 한 사람한테 억하심정이 있어서 복수하는 그런 쩨쩨한 인간이 아니라고, 나는."

뇌리에 대학교 캠퍼스가 떠올랐다. 그가 일했었다는 학생 식당의 주방에서 아토는 우리를 보고 있었던 것이다. 우리들은 아무것도 모른 채 거기서 밥을 먹고 이야기를 하고 고민을 터놓거나 상담을 해주었고, 그런 수많은 추억을 아토에게 모조리 먹히고 빼앗겼다.

오한. 구토감.

그와 친구로 보낸 여름날. 너를 빼앗긴 그날. 그런 날들을 적은 게 《미사키》였다. 그곳에 쓴 게 전부라고 생각했지만 이제 와 아토의 속내를 알고 나서야 아토가 그런 일을 벌인 동기가 훨씬 더 깊고 음습했다는 사실에 아연해졌다. 완전히 톰 리플리의 함정에 걸린 디키 그린리프가 아닌가. 다만 이 리플리는 그린리프에게 그 어떤 관심도 없었다. 이 리플리에게 나는 캠퍼스를 오가는 수많은 인간 중 하나에 지나지 않았다.

온몸에서 핏기가 사라지고 오한이 맴돌았다.

아토는 자신의 인생담을 계속 이어갔다. 내가 눈앞에 있든 없든 관계없다는 듯이.

"그런데 빼앗고 보니 별 볼일 없는 여자였어. 항상 두려운 눈으로 나를 봤지. 그러니 이따금 손이 올라갈 만도

하지 않겠어? 애가 둘 있었는데 이 녀석들이 또 세상 깨끗하고 맑은 건방진 눈으로 나를 보는 거야. 그런 눈으로 나를 보면 내가 정말로 더럽고 꺼림칙하고 한심한 인간으로 느껴지잖아. 여긴 자기네 집인데 말이지. 싫다면 나가라고! 나가면 되잖아! 그렇게 생각했더니 내가 도망치는 꼴이 되고 말았어. 잠시 여기저기 떠돌다 한 달쯤 지나서 집으로 돌아왔더니 아무도 없더군. 아무도. 나는 지금까지 뭘 했던 걸까 생각했어. 거긴 내 가정이잖아? 가정이라는 게 뭐야? 나는 아내와 아이를 귀여워하고 돌봐야 했던 거 아닐까? 아까 너도 말했잖아? 뭐였더라? 너는 대체 뭐냐고? 무엇이든 되고 싶었던 나는 스스로 무엇도 아닌 게 되고 말았어. 남편도 아니고 아버지고 아니고, 제대로 된 일자리도 없이 모든 걸 남 탓으로 돌리고는. 결국 내 인생이었는데. 대체 뭘 한 거야, 난. 쳇. 지금 같이 사는 여자는 사카에라고 하는데 귀여움이라곤 없는 이름이지? 언덕 판(坂) 자에 강 강(江) 자를 써. 성이 아니라 이름이 그 따위야. 그 여자 부모는 대체 무슨 생각으로 자기 애한테 그런 이름을 지어줬을까? 그런 생각 안 해? 이름은 그 사람을 나타낸다고들 하는데 그 여자는 그걸 그대로 드러내는 듯해. 그 여자랑 있으면 전혀 행복하지 않아. 깊은 늪 같은 여자야. 근데 난 그런 여자가 좋아. 나 같은 놈에게는. 뭐랄까. 마음이 차분해져. 나는 늪 바닥 진

흙 속에서 낮잠이나 자는 메기 같은 존재인 건가. 그 여자 임신한 거 봤지? 나도 넌덜머리가 나. 또 애가 태어나겠지. 무구하고 천사 같은 게 그 여자 다리 사이에서. 그 여자에게 말해줘. 이런 놈과 함께 있으면 안 된다고. 응? 그런데 그 여자 말이지, 그렇게 보여도 나보다 무섭거든. 화가 나면 물건을 던져. 집 안에 있는 거 하나부터 열까지. 발로도 차고. 이것 봐, 이 멍. 다 그 여자가 물건을 던져서 그런 거야. 옛날에 가라테를 했다. 나는 계속 얻어맞기만 해. 발로 차이기만 한다고. 언젠가 살해당하는 건 아닌지 가슴이 조마조마하다니까. 하하. 하지만 지금은 꽤 성실하게 일하고 있어. 빌딩 청소야. 번듯하게 차려입은 쓸모없는 녀석들이 잘난 얼굴로 돌아다니는데 이젠 상관없어. 나는 내 식대로 살겠어. 더는 방황하지 않을 거라고. 이게 내 인생이야. 좋잖아. 술이 맛있어. 담배도 맛나고. 최고잖아. 재밌지? 어? 다음 소설에 써. 대신 이번 소설에서 너 따위는 빼. 이번에는 네 일인칭 따위로 쓰지 말라고. 알겠어? 하하하. 좋은 취재가 됐지? 술은 네가 사."

나는 아토라는 이름의 독에 쏘여 꼼짝도 못했다. 나도 모르게 눈물이 흘러내렸다. 무슨 눈물일까. 스스로도 알 수 없었다. 그런 내게 갑자기 아토의 손이 날아왔다. 내 뺨을 때린 것이었다. 문득 정신이 들어 아토를 보았다. 아토의 눈은 따스함으로 가득했다.

뜬금없이 자비라는 단어가 떠올랐다. 그런 눈길로 아토가 말했다.

"쓸 수 있을 리가 없지. 미안하지만 남의 인생이라는 건 네 쩨쩨한 책 안에 담을 수 있는 게 아니야."

나는 아토가 화장실에 간 틈을 타 만 엔짜리 지폐를 테이블에 올려두고 가게를 나왔다. 도망친 건 결국 내 쪽이었다. 별로 많이 마신 것도 아닌데 길바닥에 구토를 했다. 완패라는 두 글자가 머릿속에 떠올랐다. 내가 진 건가. 그렇다면 뭐에 진 걸까. 그것조차 알 수 없었다.

밖으로 나오고 얼마 후 뒤에서 내 이름을 부르는 소리가 들렸다.

"오토사카 씨!"

돌아보니 전봇대 옆에 주저앉아 있던 그림자가 일어서는 게 보였다. 여름 스커트가 가로등 불빛 아래 둥실 떠올랐다.

사카에였다. 손에 노란 책을 들고 있었다. 《미사키》였다.

"여기 사인해주시겠어요?"

그걸 위해서 여기서 기다린 걸까? 내 사인 따위 아무런 가치도 없는데.

"이 책 재밌어요?"

뭐라고 대답해야 좋을까.

"재밌어요."

나는 대답했다.

"정말요?"

"제가 이렇게 대답하지 않으면 아무도 재밌다고 말 안 해줄 테니까요."

"읽어볼게요."

"당신 연적의 얘기예요."

"그래요? 읽을게요."

나를 바라보는 사카에의 눈이 어딘가 허무하기도 하고 고혹적이기도 했다.

"좀 읽었어요. 앞부분."

"어때요?"

"음, 뭐랄까. 완전히 자기 이야기?"

"제 이야기 맞아요. 제가 쓰는 건 다."

"취재 안 해요?"

"하긴 해요. 그런데 마지막에는 결국 제 이야기예요. 뭘 써도."

나는 책 면지에 내 이름과 그녀의 이름을 적어주었다.

"흐음. 하지만 그게 최고 아니에요? 왜냐면 다른 사람의 이야기 따윈 써봤자 재미없잖아요. 아, 이름은 사카에예요. 언덕 판 자에 강 강 자를 써서 사카에. 귀엽지 않죠, 이런 이름. 언덕에 흐르는 강처럼 살라는 의미래요. 평지

의 강물은 썩으니까 언제든 신선한 물처럼 살라는 의미
래요. 엄마에게 듣기로는요. 잘 모르겠지만 왠지 좋은 뜻
같지 않아요?"

그녀와 헤어져 큰길로 나오니 비가 쏟아졌다. 호텔까
지 돌아오는 길을 우산 없이 걸었다. 대학 시절 너와 둘
이서 흠뻑 젖어 돌아왔던 밤이 생각났다.

너를 만나고 싶어.

널 만날 수 있다면 죽어도 좋다고 생각했다.

15장. 심령

아직도 네 죽음의 충격에서 벗어나지 못한 가운데 아토가 한 말이 내 안에서 꺼림칙하게 소용돌이쳤다. 과연 나에게 소설을 쓸 자격 같은 게 있을까, 있었을까, 하는 부정적인 자문자답을 밤새 계속했다. 아토의 말은 일리가 있었다. 애당초 내게는 남의 인생을 평가하거나 비판할 자격도 능력도 없었다. 그럼에도 불구하고 이 이야기의 당사자 중 한 명에, 게다가 유일한 화자 입장이라는 사실

자체가 불손한 건 아닐까.

네 죽음을 사건이라고 부른다면 이 사건은 도노 집안과 아토 집안 사이에서 일어난 사건이지 나 같은 건 단순한 구경꾼에 지나지 않는다. 그런 미미한 존재가 어떻게 설득력 있는 이야기를 구성해낼 수 있다는 건지. 설사 그걸 만들어냈다고 해도 대체 어떤 가치가 있다는 건지.

요컨대.

사람은 '요컨대'라는 단어를 자주 입에 올린다. 다들 요약된 정보를 얻고 싶어 하는데 요약된 것에 진실이 담겨 있기는 할까? 생명이 있는 걸 짜고 말리고 닦고 갈고 부수어 약제로 만든들 거기에 생명이 있다고 말할 수 있을까?

생명보다 가치 있는 서적 같은 게 과연 존재하기는 할까?

그런 출구 없는 자문자답을 반복하며 나는 비즈니스호텔 침대 위에서 몸을 움직이는 것조차 귀찮아하며 강렬한 우울감에 사로잡혔다.

나뿐만 아니라 네 주위 사람들은 네 죽음에 각자 큰 충격을 받았을 것이다. 아토마저 예외가 아니었다. 내가 네 죽음을 알리지 않았다면 아토가 그렇게나 열정적으로 자신의 인생 편력을 드러내지는 않았을 것이다.

그걸 생각하니 네 아이들의 상실감이 얼마나 클지 가늠조차 할 수 없었다. 그 상처는 너무나 크고, 너무나 깊고, 너무나 갑작스러웠던 탓에 아이들은 슬픔이나 괴로움을 제대로 자각조차 못했을 것이다.

유리가 집에 돌아오니 보르가 반가운 듯이 달려들었다. 산책을 가고 싶다는 의사 표현이었다. 아키코가 종을 울려서 소요카의 방으로 갔다. 아키코는 불도 켜지 않은 채 침대에 앉아 유리를 기다리고 있었다.

"어머님, 무슨 일 있으세요?"

"에이토 있니?"

"없는 것 같아요. 친구들과 놀러 나갔나 봐요. 보르 산책 좀 시키고 올게요."

유리는 어째서인지 아키코의 모습에서 위화감을 느꼈다.

"……무슨 일 있었어요?"

"조금 전까지 애들이 거실에서 놀고 있었는데 싸우는 것 같더구나."

"싸웠다고요?"

"목소리밖에 들리지 않았으니 잘은 모르겠지만 고쿠리 씨를 했던 모양이야. 고쿠리 씨가 뭔지 아니?"

"네, 그럼요. 애들은 그런 걸 자주 하는 것 같더라고요."

"그러다 싸움이 시작됐는데 어느 순간 아무도 없더라

고. 다들 화를 내며 돌아간 것 같긴 한데. 에이토가 보르 산책시킬 시간 맞지? 산책 갔나 했는데 보르가 이 방 앞을 어슬렁거리더구나. 그래서 보르한테 에이토 어디 갔냐고 물어봤는데 보르가 대답할 리 만무하고. 보르도 산책 갈 시간인데 아무도 없고 하니 나보고 데려가달라고 방 앞을 어슬렁거렸던 게지. 몇 번이나 방에 왔었는데 허리가 이래서야 산책은 꿈도 못 꾸고."

아키코의 말은 요령부득이었지만 요약하면 에이토가 집에 없다는 이야기였다. 유리는 걱정이 되었다. 친구들과 싸웠다는 것도 신경 쓰였다.

"너희 시아버지가 뇌경색으로 죽었잖니?"

이야기는 어느새 돌아가신 시아버지 이야기로 빠졌다. 유리가 아키코의 이야기를 건성으로 듣고 있을 때 아키코가 말했다.

"왜 그런 걸 물어봤던 걸까. 너도 이상하지?"

무슨 말인지 종잡을 수 없었다.

"네? 뭐가요?"

"그러니까 네 시아버지가 어떻게 죽은 거냐고 물어보더라니까."

"누가요?"

"에이토가."

"언제요?"

"어저께. 내가 한 말 안 들었니?"

"죄송해요. 에이토가 어디 갔는지 걱정돼서. 아버님께서 어떻게 돌아가셨는지 물어봤다고요?"

"그래."

"어째서일까요?"

"모르겠다. 그래서 뇌경색이라고 말해줬더니 이번에는 인간은 왜 죽느냐고 묻는 거야. 그래서 신이 정한 일이라 순서가 오면 죽는 거라고 했더니 그럼 스스로 죽음을 선택한 사람은 어떻게 되는 거냐고 또 묻는 거야. 에이토가 엄마 일로 마음고생이 심하다는 걸 그때는 미처 생각 못하고……."

아키코는 목이 메어 더는 아무 말도 하지 못했다. 언니의 사인까지 알고 있는 듯한 아키코의 말투에 유리는 적잖이 당황했다. 소지로가 말한 걸까? 덕분에 아키코가 에이토의 이변을 금세 알아차린 거라면 자기 입으로 제대로 말해둘걸, 하며 후회했다. 아키코가 흐느끼자 보르가 걱정스러운 듯이 살며시 얼굴을 내밀었다.

"전화해볼까요."

유리가 가방에서 수첩을 꺼냈다. 에이토의 전화번호를 적어놓았던 게 기억났기 때문이다.

"전화번호라면 나도 알아."

아키코가 머리맡에서 충전 중이던 휴대 전화에 손을

뻗었다.

"전화하면 되는 건데. 미처 생각을 못했네."

아키코는 휴대 전화를 귀에 대고 에이토가 전화 받기를 기다렸다. 유리도 숨을 죽인 채 반응을 기다렸다. 어디선가 전화벨 소리가 들렸다. 소지로의 서재 쪽이었다. 유리는 소리가 나는 곳을 향해 뛰었다. 에이토는 소지로의 서재에 있는 소파를 자신의 침대로 삼았다. 평소에는 옷도 정리하지 않고 티셔츠나 양말을 아무 데나 벗어놓아서 유리를 힘들게 했지만, 그날은 웬일인지 옷가지가 제대로 개켜진 채 고이 쌓여 있었다. 그 꼭대기에 에이토의 휴대 전화가 놓여 있고, 어슴푸레한 방 안에서 붉은 빛을 내며 전화벨이 울리고 있었다.

왠지 불길했다.

"저, 보르 산책시킬 겸 에이토 좀 찾아볼게요."

유리는 아키코에게 말한 다음 보르를 데리고 집을 나섰다.

근처 공원 등을 찾아보았지만 에이토의 모습은 어디에도 보이지 않았다. 해는 이미 산등성이를 넘었고 곧 밤이 올 것 같았다.

유리는 수첩에 적은 주소에 의지해 가토 형제의 집을 찾아갔다. 그들을 배웅한 적은 있지만 집을 찾아가는 건 처음이었다. 초인종을 누르니 어머니로 보이는 여자가 나왔다. 얼굴이 가토 형제와 똑 닮았다. 현관에서 상황을 설명하는데 다급한 분위기를 느꼈는지 가토 형제가 안에서 나왔다.

"에이토가 집에 없다는데 혹시 짐작 가는 거 있니?"

어머니의 질문에 두 사람은 잠자코 고개를 저었다. 그러다 바로 한 명이 뭔가를 떠올린 듯한 얼굴로 말했다.

"가미가미네신사는? 걔 가끔씩 거기 참배하러 가거든요."

"가미가미네신사? 거기가 어딘데?"

유리의 질문에 형제 중 다른 한 명이 대답했다.

"이 근처예요. 저희가 데려다드릴게요."

유리는 어머니에게서 형제를 빌려 안내를 받았다.

가미가미네신사는 공원 안쪽에 있는 작은 신사였다. 크게 신경 쓰지는 않았지만 오가다 본 적이 있는 신사였다. 그러나 이곳의 이름이 가미가미네라는 사실은 몰랐다. 모교인 나카타가이중학교 근처에도 가미가미네공원이 있었다. 아유미와 소요카가 여름 축제 때 갔던 공원. 그 공원에도 신사가 있었다. 그쪽은 더 큰 신사로 봄에 벚꽃이 아름답게 피었다. 유리도 잘 알지는 못했지만 보충하자면 그 신사는 가미가미네대사(大社)이고 이런 자잘한 신사들의 총본산이었다. 본당 뒤에는 가미가미네산이라 불리는 잡목림으로 뒤덮인 산이 있고, 그곳은 유리의 언니가 죽은 장소이기도 했다.

가토 형제의 말에 따르면 에이토는 이따금 이곳을 찾아 죽은 엄마를 소환했다고 한다.

"소환?"

"고쿠리 씨를 써서 엄마와 이야기한 거예요."

가토 형제 중 하나가 말했다.

"엄마가 죽은 데가 다른 가미가미네신사의 심령 명소인데, 이 가미가미네라는 심령 명소는 센다이에 열 곳이 있대요. 여기를 다 돌면 엄마를 만날 수 있다고 고쿠리 씨가 그랬어요."

다른 한쪽이 설명했다.

"근데 그거 사기야. 걔 오늘도 고쿠리 씨 실패했잖아."

유리는 고쿠리 씨 놀이를 하다가 그들이 싸웠다는 아키코의 말이 생각났다.

"오늘, 싸웠다면서?"

"에이토 엄마가 우울증으로 죽었다면서요? 그러다 우울증을 한자로 쓸 수 있느냐 없느냐는 얘기가 나왔어요. 너네 엄마가 우울증으로 죽었다면 쓸 수 있지 않겠냐고 했더니 그럼 고쿠리 씨로 엄마를 소환해서 써달라고 하자는 이야기가 나왔고, 소환했는데, 그 녀석의 엄마가 한자를 못 쓰더라고요. 결국 히라가나로 '우울증'이라고 썼어요."

"그 정도는 한자로 써야 하는 거 아니냐며 걔네 엄마를 바보 취급했더니 걔가 갑자기 화를 내면서 덤비는 거예요. 그래서 좀 혼내줬어요."

"같이 에이토를 잡고 딱밤을 줬죠."

"딱밤은 뒤탈이 없어서 좋아."

"그럼 그럼."

"애당초 고쿠리 씨 같은 거 자체가 사긴데. 그런 심령 명소를 돌면 엄마를 만날 수 있다느니 어쩌니 하니까 걔가 좀 이상한 것 같기도 하고."

"뭐, 엄마가 죽은 지 얼마 안 돼서 안쓰럽긴 해요. 우리도 그런 마음으로 맞장구쳐줬죠. 여름 방학이 끝나면 만날 일도 없지만 그래도 좀 걱정돼서."

자기가 없는 데서 그런 일이 있었다니 유리는 에이토의 마음속 깊은 상처를 엿본 듯했다. 일단 가토 형제를 집까지 데려다주고 집으로 돌아왔다. 현관문을 여니 소지로가 걱정스러운 얼굴로 나타났다.

"들었어. 에이토 없어졌다면서?"

"응. 어쩌지. 경찰에 신고할까?"

"그래. 그게 좋겠다."

"당신이 해. 전화 있잖아."

소지로는 자신의 휴대 전화를 꺼내 경찰서에 신고했다. 에이토의 이름과 생김새를 알린 다음 전화를 끊었다.

"이제 마냥 기다리는 수밖에 없나? 달리 짐작 가는 바도 없고?"

"없진 않아."

"뭔데?"

"그 아이, 백일기도까지는 아니지만 심령 명소 순례 같은 걸 했나 봐."

유리는 가토 형제에게 들은 이야기를 소지로에게 전했다.

"그렇구나. 그렇다면 다른 신사에 있을 가능성이 있다는 건가."

"없지 않다는 것뿐이지."

소지로가 바로 검색을 해보았다. 센다이 시내에 같은 이름의 신사가 열여덟 군데나 있다는 사실을 알았다. 신사의 홈페이지도 존재했지만 사업과 교통안전에 효험이 있다는 정도이고, 에이토가 기대하는 듯한 능력은 없는 듯했다. 걸어서 갈 수 있는 신사로 좁히니 네 곳 정도가 나왔다.

유리와 소지로는 보르를 데리고 집을 나왔다. 소지로는 경찰에 전화해서 가미가미네신사에 있을지도 모른다는 사실을 전했다. 두 사람이 찾아간 신사에 에이토는 없었다. 다행히 다른 신사에서 에이토를 찾았다는 경찰의 연락이 왔다. 역 앞 파출소 의자에 앉아 고개를 폭 숙인 에이토를 보니 유리는 눈물이 터져 나올 것 같았다.

"대체 뭘 한 거야! 걱정했잖아!"

유리는 그렇게 말하며 에이토를 끌어안았다. 에이토는 아무 말도 하지 않았다.

유리는 집에 도착하자마자 에이토를 소요카의 방으로 데려가 아키코를 안심시켰다. 에이토는 계속 고개를 푹 숙인 채 누구와도 이야기하고 싶지 않은 기색이었다. 목욕을 하고 머리가 젖은 채로 서재 소파에 누워 꼼짝도 하지 않았다. 유리가 살펴보니 에이토는 눈을 뜨고 있었다. 유리는 에이토 옆에 앉아 어깨를 쓰다듬었다.

"엄마는 만났어?"

에이토는 아무 말도 하지 않았다.

"괜찮아. 엄마는 네 옆에서 널 쭉 지켜보고 계실 테니까."

그러자 에이토가 바로 맞받아쳤다.

"없어."

유리는 깜짝 놀랐다. 손은 무의식적으로 에이토의 어깨를 계속 쓰다듬었다.

"아무 데도 없어."

유리는 손을 멈추었다. 에이토의 체온이 손바닥 가득히 전해졌다. 자신도 모르게 입에서 이런 말이 나왔다.

"있어. 우리 안에. 많은 추억이 남아 있잖아."

유리가 다시 에이토의 어깨를 쓰다듬었다.

"에이토의 마음속에도 있잖아? 엄마는 항상 거기 있어."

묘한 소리가 났다. 에이토가 울고 있다는 걸 알 수 있었다. 유리는 언니가 죽은 후 에이토가 우는 걸 처음 보았다. 아니, 어쩌면 유리가 안 보는 데서 울었을지도 모른다. 그건 에이토만 알고 있을 테다.

……아니, 언니도 안다. 언니는 그런 에이토를 줄곧 옆에서 지켜보고 있지 않았을까? 지금도 곁에 있지 않을까? 그리고 아이들을 놓아둔 채 혼자 목숨을 끊어버린 사실을 후회하고 있지 않을까?

유리는 울었다. 에이토보다 심하게 울어서 울음소리를 듣고 달려온 소지로를 놀라게 했다. 이때 유리는 결심했다. 에이토와 함께 살겠다고. 이렇게 상처받은 아이를 그냥 둘 수는 없다고. 밤에 마음먹은 바를 소지로에게 전했다.

"나도 그 생각했어."

소지로가 말했다.

"그럼 결정됐네! 아, 다행이다!"

"그리고 하나 더……."

"뭔데?"

"휴대 전화 새로 사줄게."

"뭐?"

"불편하지 않아?"

"불편하지."

"사줄게."

"알았어. 고마워."

"아니, 나야말로. 미안했어."

"아니, 나야말로."

이리해서 드디어 유리는 남편에게 휴대 전화를 다시 사도 된다는 허락을 받았다. 소지로가 말했다.

"이렇게나 내 말을 잘 들을 줄이야. 당신도 참 대단해."

"뭐가?"

"그냥 무시하고 휴대 전화를 새로 살 거라 생각했거든."

"……아, 그렇구나. 그 방법이 있었네."

"뭐야, 몰랐어?"

"그러게. 그런데 의외로 즐겁기는 했어."

"즐거웠다고?"

"여러모로."

이렇게 두 사람의 싸움은 끝이 났다.

다음 날 아침 식사 자리에서 소지로가 에이토에게 물었다.

"여름 방학 끝나도 여기서 잠시 살지 않을래? 어때?"

"누나는?"

에이토가 되물었다. 유리와 소지로가 얼굴을 마주 보았다. 아유미를 어떻게 할지에 대해서는 전혀 생각해보지 않았던 것이다.

"물론 누나도 여기서 같이 살아야지!"

소지로가 말했다.

"그럼 그럼. 누나도 함께."

"소요카 누나도 돌아올 거잖아? 방이 부족하지 않아?"

"그런 건 어떻게든 해결돼."

"근데 외할아버지랑 외할머니만 남잖아. 쓸쓸하실 텐데."

어른인 유리와 소지로보다 어린 에이토의 시야가 훨씬 넓었다.

"……뭐, 지금 바로 결정하지 않아도 되니 잠깐 생각 좀 해보고."

유리가 그렇게 말하며 소지로를 보았다.

"그래. 나도 좀 생각해볼게."

"돌아갈래."

에이토가 말했다.

"누나가 걱정이야. 내가 없으면 안 되거든."

어제와는 다른 사람 같은 에이토의 모습에 두 사람은 당황했다. 에이토의 입에서 이런 말도 나왔다.

"그리고 부탁이 하나 있어. 보르 나 줘. 그 녀석, 조이와 헤어져서 불쌍하니까. 함께 사는 게 더 행복할 거야."

유리의 얼굴이 굳어졌다. 친정 엄마가 대체 뭐라고 할지.

"외할머니에게는 이미 전화했어. 괜찮대."

유리와 소지로는 깜짝 놀라 서로의 얼굴을 쳐다보았다.

어쨌든 에이토의 결연한 표정에 두 사람은 안도했다. 사정은 모르겠지만 에이토는 한 걸음 나아갈 결심을 한 것 같았다.

그날 산 휴대 전화로 유리가 맨 처음 문자를 보낸 사람은 소지로였다.

"휴대 전화 새로 샀어. 잘 부탁해."

그러자 소지로에게서 답장이 도착했다.

"에이토 보고 깜짝 놀랐어. 애들 성장 속도는 우리 상상을 뛰어넘네."

유리는 이렇게 대답했다.

"분명 괜찮을 거야."

답장이 왔다.

"지켜보자."

유리가 다시 답장을 보냈다.

"오케이."

유리는 손가락으로 문자를 찍으며 실감했다. 아, 드디어 휴대 전화가 돌아왔구나.

마지막 소설을 쓰겠다고 결심하고 센다이로 돌아왔건만 네 죽음을 알고 아토를 만난 나는 궤도 수정을 고민했다. 아토에게 완전히 꺾여버린 자존심은 그리 쉽게 회복될 것 같지 않았다. 그리고 네 죽음 역시 좀처럼 실감이 나지 않았다. 불어도 부풀지 않는 구멍 난 풍선을 계속해서 부는 것 같았다. 그리고 나는 그 풍선이 부풀지 않으면 한 줄도 쓸 수 없는 사람이었다.

끊임없는 갈등에 고뇌했으나 언제까지고 취재 여행을 즐길 상황도 아니라서 일단 도쿄로 돌아가자는 결론을 내렸다. 잠시 머리를 식히고 나서 다시 시작하자는 마음으로 호텔에서 체크아웃했다.

역 매표소에 갔는데 여름 방학 막바지라 그런지 늦은 시각의 표밖에 없었다. 일단 남아 있는 표를 사고 카페에 들어갔다. 반나절 정도가 붕 뜨고 말았다. 학교 건물이 조만간 철거될 거라는 사실이 기억났다. 없어지기 전에 그거라도 보아두자는 생각에 나카타가이 방면 버스에 몸을 실었다.

오랜만에 찾아온 나카타가이는 그 시절과 변함없는 가옥과 현대풍 건물이 뒤섞여 있는, 큰 특징 없는 시골 마을이었다. 그렇지만 내게는 둘도 없는 성지였다.

부모님이 야쓰키바야시로 이사한 뒤로는 여기에 올 기회가 없었기 때문에 따져보니 16년 만이었다. 모교인 나카타가이중학교를 보는 건 열여덟 살 이후로 처음이었다. 요코하마의 대학교로 떠나기 직전에 한번 보아둘까 하고 혼자 왔던 게 마지막이었다.

오랜만에 만난 모교는 완전히 폐허였다. 동창회 때 본 우지이에 선생님의 슬라이드에서도 유리가 보내준 스냅 사진에서도 폐허이기는 했지만 이 정도는 아니었다. 사진이 다소 미화되어 찍혔던 걸까. 눈앞의 모교는 충격적으로 처참했다. 기억 속 학교의 모습이 전혀 남아 있지 않았다. 더구나 한여름이기도 해서 잡초가 학교를 집어삼킬 듯 무성하게 자라 있었다.

교문이 잠겨 있지 않아 쉽게 들어갈 수 있었다. 건물과 건물을 이어주는 외부 복도 쪽에 나 있던 문은 어디론가 사라져서 없고 건물 안쪽으로 뻥 뚫려 있었다. 그곳을 통해 흙이나 낙엽 등이 들어가 한 걸음 내디딜 때마다 발자국이 선명하게 남았다. 나는 복도를 따라서 교실을 둘러보았다. 책상 같은 건 이미 없었고 칠판도 철거된 뒤라 학교라고 생각할 수 없는 모습이었다. 여기가 정말로 내가 다녔던 학교가 맞는지 의심스러울 정도였다. 하지만 계속 보다 보니 신기하게도 과거의 기억이 머릿속을 보완한 건지 그곳에서 보냈던 날들이 점차 선명하게 떠오르기 시작했다.

나는 층계참에서 발을 멈추었다.

여기서 네가 나를 불렀었다.

연애편지와 관련한 거북한 사건이 있었던 이후로 나는 너희 자매와 말을 나누지 못했다. 유리는 축구부실에서 만나거나 복도에서 마주쳐도 시선을 돌리며 계속 대화를 피했다. 그저 당장이라도 울 것 같은 원망스러운 얼굴로 나를 바라보기만 했다. 반면 너는……. 아니, 애당초 나 따위는 너에게 단순히 여동생의 선배에 지나지 않았던 데에다 이야기 한번 제대로 나누어본 적이 없었기에, 복도에서 맞닥뜨리거나 내가 당황해서 시선을 돌려도 그곳에 누가 있다는 사실조차 알아차리지 못한 듯 혹은 마치 같은 세계에 존재하지 않는 듯 눈앞을 스쳐갈 뿐이었다. 그러니까 그날 네가 나를 불렀을 때 솔직히 의외였고 심장이 멈추는 것 같았다.

고등학교 시험이 모두 끝나고 졸업식만 기다리던 3월 초의 일이었다.

나는 그날 방과 후 신발장으로 향했다. 교내에는 학생들의 모습이 거의 보이지 않았다. 계단을 내려가는데 뒤에서 누군가 나를 불러 세웠다.

"저기, 잠깐만."

돌아보니 그곳에 네가 서 있었다.

"도와주었으면 하는 일이 있는데, 시간 괜찮아?"

네가 내게 건넨 건 한 장의 원고지였다. 거기에는 연필로 문장이 쓰여 있었고, 이곳저곳 줄을 그어 지우거나 다시 쓰는 등 글쓴이의 고뇌가 느껴지는 흔적이 보였다.

"졸업생 대표 연설문인데 어떻게 써야 할지 좀처럼 감이 안 와서. 도와줄 수 있을까?"

의외의 요청이었다.

"왜 나한테?"

나는 그렇게 묻지 않고는 견딜 수 없었다.

"왜냐면 넌 작문을 잘하니까."

"잘 못해."

"잘하잖아."

"그런 말 들어본 적 없어."

"그 편지, 네가 쓴 거 아냐?"

"읽었어?"

"읽었어. 전부. 네가 쓴 거 맞지?"

"응."

"되게 잘 썼더라."

동요했다. 가슴이 뛰었다. 틀림없이 얼굴이 새빨개졌을 것이다.

이리해서 나는 네 졸업식 연설 원고를 도와주게 되었다. 서로 아이디어를 내고 문장으로 다듬는 작업을 하는 행복한 시간이었다. 너는 완성된 문장을 내 앞에서 읽어보았다. 나는 그 한마디 한마디를 전부 기억한다. 너의 목소리는 지금도 내 귓가에 남아 있다.

그런 추억의 층계참도 지금은 먼지투성이였다. 벽 곳곳에 페인트가 벗겨졌다.

계단을 내려가 건물 밖으로 나온 순간이었다. 사람 목소리가 들렸다. 그리고 시야 끝을 스쳐 지나가는 사람의 모습을 보았다.

두 소녀.

그 모습이 너와 유리로 보여 깜짝 놀랐다.

그들은 이쪽을 향해 소리쳤다.

"조이!"

갑자기 뭔가가 내 옆을 통과했다. 커다란 흰 개가 두 소녀 곁으로 달려가 달라붙었다. 소녀들은 환상이 아니었다. 아무리 보아도 너와 유리로 보여서 나는 불가항력으로 그 둘 곁으로 달려갔다. 두 사람은 그런 나를 어떻게 생각했을까. 처음 보는 남자가 갑자기 폐허가 된 학교 건물에서 달려왔으니 말이다. 경호원 격인 큰 개가 곁에 없었다면 공포에 질려 도망쳤을지도 모른다. 두 사람은 개를 어르며 우리에게 무슨 볼일이 있느냐는 듯한 얼굴이었다. 그 얼굴 역시 너와 유리였다.

꿈인가?

잠시 진지하게 의심했다.

"……아, 저기 너희들."

내가 그렇게 말한 찰나 너를 꼭 닮은 소녀가 말했다.

"혹시 교시로 씨인가요?"

나는 숨을 삼켰다. 목소리도 너를 꼭 닮았다. 그리고 그 아이는 나를 알고 있었다. 이게 다 무슨 일인지. 소녀는 내 이름을 다시 불렀다.

"오토사카 교시로 씨 맞죠?"

"아, 응."

"역시……. 저는 미사키의 딸 아유미라고 해요."

옆에 있던 유리를 꼭 닮은 아이가 이어서 말했다.

"아, 저는 유리의 딸 소요카예요."

두 사람은 너와 유리의 딸이라고 했다. 아이들의 말에
도 곧바로 받아들이기 힘들었다. 어쨌든 딸이라니 닮은
게 이해는 갔다. 이 시공을 넘어선 해후가 우연이라고는
생각되지 않았다.

"왜 여기 있니?"

"근처에 사니까요."

아유미가 말했다.

"이 근처에 살아?"

"네. 지금은. 외할아버지 댁에."

머릿속에서 차례차례 퍼즐이 맞추어지는 듯했다.

"아, 그렇구나! 너무 닮아서 놀랐지 뭐야. 미사키랑. 너
는 여동생 유리랑!"

아유미와 소요카는 얼굴을 마주 보고 웃었다.

"정말 많이 닮았다. 타임 슬립이라도 한 줄 알았네. 그
건 그렇고 너희는 날 어떻게 알지?"

아유미는 질문에 대답하지 않고 갑자기 고개를 숙였다.

"편지를 썼어요. 엄마 대신. 거짓말해서 죄송해요."

소요카도 당황하며 같이 머리를 숙여 사죄했다.

"죄송해요!"

또 하나의 수수께끼가 풀렸다. 유리에게서 네가 죽었다는 사실을 듣고 나서 줄곧 너일 거라 생각했던 편지가 신경 쓰였었다. 네가 아니었다면 그럼 그 편지는 누가 보낸 건가. 유리와는 필적이 다르고 문체도 다른 그 편지를. 그게 이 아이들이었을 줄이야.

"사실은…… 엄마는…… 지난달……."

나는 아유미의 말을 가로막았다.

"미사키에 대한 건 들었어. 유리한테서."

"엄마?"

소요카가 반응했다.

"그래."

"그랬군요."

"다만 너희에게 답장을 썼을 때는 아직 몰랐을 때라. 너희가 읽을 거라고 생각했다면 다르게 썼을 텐데."

"네? 하지만 충분히 재밌었어요. 엄마 얘긴 좀 비참했지만."

소요카는 전혀 개의치 않는 얼굴로 신비한 편지 왕래를 즐겼던 듯한 느낌이었지만, 아유미의 말투에는 의미심장한 뭔가가 담겨 있었다. 그런 아유미가 무슨 생각인지 나를 집으로 안내하겠다고 말했다.

"……부디 엄마를 만나주세요."

두 사람, 그리고 조이와 그리운 예전 통학로를 따라

너의 집까지 걸었다. 너의 집을 보는 게 처음은 아니었
지만 집 안으로 들어간 적은 한 번도 없었다. 네가 태어
나 자란 집. 예전에는 선명했던 붉은 지붕은 지금은 색이
꽤 바랜 상태였다. 문에는 '상중(喪中)'이라고 적힌 종이
가 붙어 있었다.

"오늘 외할아버지와 외할머니는 저녁때까지 안 돌아
오실 거예요. 들어오세요."

현관을 통과했다.

집 안에서 희미하게 선향 냄새가 났다. 안쪽 방으로 안
내를 받았다. 그곳에 네 유골함과 영정 사진이 있었다. 영
정 사진 속에 젊은 네가 있었다. 고등학생 때 사진일까.

"젊었을 적 사진밖에 없어서. 저도 동생도 어렸을 때
사진이 하나도 없어요."

아유미는 그렇게 말하며 촛대에 불을 밝혔다. 나는 선
향을 손에 들고 끝을 촛대 쪽으로 기울였다. 한 줄기 연
기가 흰 뱀처럼 가로로 길게 뻗쳤다. 향을 올리고 합장한
뒤 눈을 감았다.

"……자살이었어요."

아유미의 목소리가 떨렸다.

"뭐?"

소요카가 놀라 목소리를 냈다. 그 사실을 지금 안 모
양이었다.

"가미가미네산에서. 제가 갔을 때는 병원으로 옮겨졌었고. 이미 돌아가신 뒤였어요. 다른 사람들에게 자살이라는 사실은 알리지 않고 병으로 돌아가셨다고만 했어요. 계속 아팠으니 그렇게 한 걸 거예요. 외할머니도 자살이라고 하면 듣기에 안 좋다고 했고. 하지만 자꾸 감추는 게 싫어요. 왠지 엄마가 나쁜 짓을 한 것 같잖아요. 엄마는 나쁜 사람이 아니에요."

네 목소리와 구분하기 힘든 아유미의 목소리가 너의 죽음에 대해 말했다. 그러면서 너의 존엄을 지켜주려 했다. 너와 마주하기 전에 이미 네가 이곳에 있는 것 같았다.

"죄송해요. 처음 뵙는 분께 이런 이야기를 해서."

"……전혀."

나는 다시 네 영정을 바라보았다.

"잠시 혼자 있어도 될까?"

두 사람은 잠자코 방에서 나갔다.

드디어 나는 너와 단둘이 대면했다. 이렇게 되기까지 24년이라는 세월이 걸렸다. 하지만 너는 더 이상 이 세상에 없었다. 그런 현실을 어떻게 받아들여야 할지.

유골함 위에 떨리는 손을 올렸다. 유골함은 겉에 은색 비단을 두른 채 차갑고 무뚝뚝하게 나와 너의 해후를 거부하는 듯했다. 그 안에 네가 있었다. 틀림없이 있었다. 나는 네게 말했다.

너는 바보야. ……너는 바보야.

그리고 나도.

나는 네게 무엇 하나 해줄 수 없었다. 아무것도 하지 못했다.

아토의 말이 맞았다.

나는 처음부터 끝까지 너의 세계에 없었다.

미안.

너무 분했다.

……눈물이 흘러나오려 했다. 울음이 터져버릴 것만 같았다. 이런 모습을 아이들에게 보여줄 수는 없었다. 숨을 뱉으며 눈물을 찍어냈다.

옆을 보니 침대가 있었다. 카디건이며 블라우스가 침대 옆에 단정하게 개켜져 있었다. 나는 침대에 걸터앉아 시트를 쓰다듬었다.

네 '기척'이 느껴져 무너져 내릴 것만 같았다.

아아, 나는 줄곧 이 '기척'을 써내고 싶었다. 생명이 다할 때까지 이 '기척'을 써낼 수 있다면…….

눈앞에 작은 책장이 있었다. 그 안에 선명한 황금색 책을 발견하고 숨을 삼켰다. 잘못 보았을 리가 없다. 내가쓴 소설이었다. 너는 이 책을 사서 읽은 걸까. 나는 책장에서 책을 꺼내 표지를 펼쳤다. 표지 안쪽에 젊었을 적 내사진이 있었다. 페이지를 넘겼다. 특별한 표시 같은 게 남아 있지는 않았지만 확실히 읽은 흔적은 있었다. 처음부터 마지막 페이지까지 누군가가 읽은 책이었다.

문득 시선이 느껴져 고개를 드니 소요카가 문틈으로 살펴보고 있었다.

"이거, 내가 쓴 소설이거든."

"네?"

소요카가 그 말에 방 안으로 들어왔다.

"소설가세요?"

그렇게 말하며 내 곁으로 다가와 책을 살펴보려고 하기에 표지를 보여주었다.

"《미사키》!"

소요카가 뒤를 돌아보았다. 문 쪽에는 아유미가 서 있었다.

"이거 알고 있었어?"

소요카의 질문에 아유미가 고개를 끄덕였다.

"읽었어요. 작가가 오토사카 교시로. 편지를 받았을 때 바로 알았어요. 그 책을 쓴 사람이라고."

"······그랬구나."

"여기 사인해주실 수 있어요?"

아유미가 친절한 미소를 지으며 내게 펜을 건넸다. 나는 표지를 넘겨 면지에 내 이름을 적었다.

"고맙습니다!"

아유미가 마치 내 팬이라도 되는 것처럼 기뻐했다. 소요카도 기쁜 듯했다. 분명 소요카에게는 오랜만에 보는 아유미의 구김 없는 미소였을 것이다. 나는 내 이름 옆에 두 사람의 이름을 적었다.

'메기 점(鮎) 자에 아름다울 미(美) 자'라는 아유미.

'좀 어렵긴 한데, 바람소리 삽(颯) 자에 향기 향(香) 자'라는 소요카.

날짜까지 적고 책을 덮어 아유미에게 건네려는데 어느 틈엔가 아유미가 양손에 오래된 상자를 안고 있었다. 신발 상자 같았다.

"저는…… 처음에 이걸 읽었어요."

아유미는 상자의 뚜껑을 열었다. 그 안에는 신발이 아니라 꽤 오래되어 보이는 편지 봉투가 몇 통이나 들어 있었다. 나는 숨을 삼켰다. 한눈에 그게 뭔지 알아차렸다.

"이거 기억하세요? 교시로 씨가 보낸 편지예요."

아유미는 상자를 바로 내 옆에 두었다. 나는 하나하나 손에 들어보았다. 우편 번호도, 센다이시 아오바구 이치반초라는 주소도, 네 이름도. 틀림없이 내 글씨였다.

아유미는 사인이 된 책을 품에 안으며 말했다.

"그 편지, 이 책이랑 내용이 같던데. 우연인가요?"

"이 소설을 조금씩 쓸 때마다 편지로 써서 그녀에게 보냈어. 그녀가 읽어줬으면 해서 쓴 소설이니까. ……읽어줬었구나."

"읽었어요. 몇 번이고 몇 번이고. 엄마의 보물이었어요. 저도 여러 번 읽었어요. 엄마에 대한 애정이 그대로 전해지는 편지였어요. 아저씨가 아빠였다면 좋았을 텐데."

보석 같은 눈물이 아유미의 뺨을 따라 흘렀다.

"힘들 때도 많았지만 엄마를 주인공으로 소설을 쓴 이 사람이 언젠가 분명…… 분명 이 사람이 엄마를 데리러 올 거라는 생각이 들어서. 그렇게 생각했더니 왠지 힘을 낼 수 있었어요. 좀 더 빨리 왔으면 했지만. 하지만 엄마도 기뻐하실 거예요."

아유미의 눈에서 계속 눈물이 흘렀다. 그 모습에 너를 슬프게 했던 대학교 시절의 어느 아침이 떠올랐다. 소요카 역시 아유미 옆에서 펑펑 울고 있었다. 그런 소요카의 모습은 유리를 울렸던 중학교 시절의 해질녘을 떠오르게 했다.

내 안에서 기억의 댐이 붕괴된 모양이었다. 관계 있든 없든 상관없이 수많은 기억이 주마등처럼 뇌리를 스쳤다.

아, 인생이란 대체 얼마나 많은 우연의 연속성 속에 성립되는 걸까. 대체 어떤 만남이 쌓여 생기는 걸까.

순수한 두 사람의 눈물 앞에서 더는 참지 못한 채 나 또한 울고 말았다.

결국 신칸센 표를 날리고 말았다. 나는 여기 좀 더 머물기로 했다. 유리에게 묻고 싶은 게 산더미였다. 취재로서. 소요카의 말에 따르면 유리는 센다이가쿠엔대학교 도서관에서 근무 중이라고 했다.

　주말이 지난 월요일 이른 아침 나는 도서관을 찾아가 출근하는 유리를 기다렸다. 처음에 유리는 놀란 기색이었지만 취재에 기꺼이 협력해주었다. 그로부터 이틀간 유리는 이른 아침과 점심시간을 내 취재에 할애해주었다. 사흘째 아침에 나는 앨범 하나를 유리에게 선물했다. 내가 찍은 나카타가이중학교 사진이었다. 일전에 그녀가 보낸 사진의 답례 같은 것이었다. 사실 이거 말고 생각나는 게 없었다. 그래도 유리는 기뻐해주었다. 사진 중에 유리가 예상치 못한 것이 찍혀 있었다. 아유미, 소요카, 그리고 개 조이였다.

"어라? 이건?"

"우연히 거기서 만났어."

"우리 딸이랑 언니의······."

"소요카와 아유미. 너하고 미사키 어렸을 때랑 너무 닮아서 나도 모르게 말을 걸었는데 진짜더라고."

"엄청난 우연이네요! 학교 운동장이 산책 코스였으니까 만날 확률이 아예 없진 않았겠지만."

"엄청난 우연이었어."

"그러니까요. 엄청난 우연이네요. 그렇죠? 내가 선배와 동창회에서 만나지 않았다면 이 개 역시 우리 집에 안 왔을 거고, 그렇게 되면 이 두 사람이 여기 왔을 리도 없으니까요."

"그랬다면 나는 아이들을 만나지 못했겠지."

"그러게요."

"미사키가 살아 있었다면 너도 동창회에 나오지 않았

을 거고."

"맞아요. 그렇게 생각하면 언니가 우리를 이끌어준 것 같네요."

"그럴지도."

모든 게 다 우연이었다. 우연이 쌓이고 쌓여 이 세상이 만들어진 것이다. 그러니까 일 하나하나가, 만나는 사람 한 명 한 명이 필연적으로 일어났을 운명이었던 건지도 모른다.

"뭔가……." 나는 유리에게 말했다. "……고마워."

"뭐가요?"

"좀 더 계속할까 생각 중이야. 소설가."

내 말을 들은 유리가 진심으로 기뻐하기에 나는 그 자리에 풀썩 주저앉을 것 같은 기분이었다. 그리 쉽게 기뻐해준다 하더라도 나에게는 계속 소설을 쓰는 게 그리 간단한 일이 아니었다. 하지만 그녀의 미소가 이미 정답일 수 있었다. 소설을 쓰는 쪽은 항상 어렵게 생각하지만, 독자는 재미있는지 그렇지 않은지만 판단하면 되니까. 즉, 소설가의 길은 힘들지언정 유리의 미소에서는 그런 고뇌가 의미 없게 느껴졌다.

"아, 맞다! 깜빡했다!"

유리가 자기 자리로 달려가더니 서랍에서 뭔가를 꺼내 돌아왔다. 그 물건을 내밀기도 전에 나는 그게 뭔지 알아차렸다.

황금색 표지에 그녀의 언니 이름이 새겨진 책.

"요전에 여기에 사인 받는 걸 깜박했어요!"

이 취재 여행에서 예상치 못하게 젊었을 때 쓴 책과 세 번 만나고 거기에 세 번 사인할 기회를 얻었다. 이건 어떤 계시일까.《미사키》에 세 번째 사인을 하면 어떤 기적이라도 일어나는 건 아닐까. 혹은 죽을 때까지 글 쓰는 걸 포기하지 않겠다는 악마와의 계약이라면? 그것이 아무리 힘든 일이라도, 그 결과 지옥에 떨어진다 해도.

오히려 그것이야말로 내 바람이 아닐는지.

나는 책에 사인했다. 그리고 유리에게 건넸다.

"고맙습니다!"

내 결사의 각오 같은 건 알지 못한 채 유리는 황금색 표지를 높이 들며 기뻐했다. 아직 아무도 없는 도서관 안에 유리의 기뻐하는 목소리가 울렸다. 마지막에 나눈 유리와의 악수는 아플 정도로 강력했다. 시선 또한 묘하게 강렬했다. 계약은 파기 불가. 평생 글을 쓰며 괴로워하라. 유리의 몸을 빌려 악마가 속삭이는 듯했다. 나는 지지 않고 그 손을 꽉 잡았다.

"와, 선배와 처음으로 악수했네요!"

유리의 천진한 목소리에 깜짝 놀랐다. 중학 시절과 무엇 하나 변한 게 없는 유리가 눈앞에 있었다. 그럴 리 없을 텐데도 그렇게 보였다. 아침 햇살 속의 착각일 리 없었다.

지금 내게 유리의 혼이 보인다. 혼은 변함이 없다. 시간을 초월하고 죽음도 초월한다. 그게 착각이라면 착각도 좋은 게 아닌가. 아아, 내 안에 영원히 변하지 않는 네가 있다. 그리고 중학교 때부터 하나도 변한 게 없는 너는 지금도 내 안에 살아서 내 창작의 원동력이 되고 있다. 이미 천국에서 평안한 삶을 살고 있는 네게 몹시 성가신 일일지도 모르겠지만.

아유미, 소요카와도 몇 번이나 만났다. 여름 방학이라서 다행이었다. 여름 방학은 이번 주로 끝. 다음 주부터는 2학기가 시작될 예정이었다. 어쩌면 아이들 입장에서는 소중한 여름 방학의 끝자락을 내게 빼앗겨버린 것일 수도 있지만.

우리는 나카타가이중학교 교문 앞에서 만났다. 학교 안을 산책하면서 두 사람에게 많은 이야기를 들었다. 서로를 앞에 두고 말하기 힘든 부분도 있을 거라 생각해서 따로 이야기를 들었다. 아니나 다를까 개별 인터뷰 쪽이 더 좋은 이야기를 많이 들을 수 있었다. 예를 들어 내가 처음으로 두 사람을 만난 날 밤 소요카는 아유미에게 어떤 고백을 했다고 한다.

"나, 좋아하는 사람이 생겼어."

"뭐?"

"아, 얘를 좋아하나 봐, 하고 생각하게 된 게 6월인데. 옆자리 남자애야. 그리고 얘가 좋다고 확신하게 된 건 7월이고. 그러다 여름 방학이 됐어. 그런 상태로 마음이 점점 커져서, 어쩔 줄 모를 정도로 커져서, 점점 무서워지는 거야. 여름 방학이 끝나고 걔를 교실에서 다시 만나면 분명 얼굴이 빨개질 것 같아서. 수업 중에도 걔를 의식하면 얼굴이 빨개질 거라 생각하니."

"뭐? 설마 그게 여기 계속 남고 싶은 이유였던 거야?"

아유미는 참지 못하고 웃음을 터트렸다.

"왜 웃어! 뭐가 웃긴데!"

"왜냐면, 왜냐면! 귀엽잖아! 너무 귀엽잖아!"

"아, 말하지 말걸. 나 돌아갈래. 학교에 갈 거야!"

"뭐?"

"언니 때문에 왠지 부끄러워졌어. 나라는 인간이 너무 작게 느껴진다 해야 하나. 그러니까 나도 힘내서 학교에 가볼까 해."

"그래?"

"근데 그 소설, 어떤 이야기야? 《미사키》라는 소설."

"직접 읽어보는 게 어때? 아까 거기 뒀어."

소요카는 침대에서 일어나 책장을 뒤져보았지만 찾지 못했다. 그 모습을 보다 못한 아유미가 설명을 시작했다.

"······한 미술 대학이 배경인데, 예전 동급생이 같은 과에서 재회하는 거야."

"미안. 직접 읽을 테니 그만 말해. 어디 있어? 아, 찾았다."

그날 밤 소요카는 늦게까지《미사키》를 읽었다,라는 것이 아유미에게서 들은 이야기였다. 하지만 소요카의 이야기는 좀 달랐다. 옆자리 남자애가 자신을 좋아하게 되어 귀찮아서 학교에 가는 게 우울해졌다는 것이다. 그렇지만《미사키》를 읽은 덕에 그의 애정을 호의적으로 받아들일 수 있을 것 같다고 소요카가 내게 말했다. 아유미가 들은 이야기와 내가 들은 이야기 어느 쪽이 픽션이고 어느 쪽이 논픽션일까. 그건 소요카만이 알고 있을 것이다.

이렇게 취재한 에피소드도 넣고 약간의, 아니 상당한 가정이나 상상도 포함해 이 이야기를 썼다. 네가 읽지 못한 네 인생의 후일담.

아유미에게 장래에 대해 살짝 물어보았다. 아유미는 고등학교 졸업 후 취직을 하고 싶다고 했다. 외조부모님에게 계속 신세 지기 미안해서 가능한 한 빨리 자립한 다음 동생을 대학교에 보내고 싶다고 말했다. 나는 남매를 위해 할 수 있는 일이라면 뭐든 해주고 싶다는 마음이 들었다.

소설이 완성되면 소설가의 꿈을 버리고 성실하게 일하자. 그리고 두 사람에게 보답하자. 본인들이 바라면 나는 기꺼이 두 사람의 아버지가 되어줄 것이다.

너는 이런 날 어떻게 생각할까?

실은 그런 이야기를 아유미에게 해보았는데 아유미는 싫다고 단번에 거절했다. 그러면서 나에게 언제까지고 소설가로 남아주면 좋겠다고, 곧 어른이 될 자신들에게는 무한한 가능성이 있으니 그걸 믿고 싶다고 했다.

"졸업식 때 엄마의 답사. 그게 엄마의 유언이었어요."

나와 네가 공동 작업으로 완성한 답사 전문은 《미사키》의 마지막 페이지에 그대로 실었다. 소설을 몇 번이나 읽은 아유미는 내용을 완전히 기억하고 있었다. 나는 그 사실을 기쁘게 생각했지만, 그녀가 입에 담은 유언의 의미는 달랐다.

아유미는 나에게 한 통의 편지를 보여주었다. 봉투 겉면에 '아유미와 에이토에게'라고 적혀 있었고, 뒤를 보니 '엄마가'라는 문구가 있었다.

네 유서.

안을 보니 이럴 수가. 나와 네가 둘이서 만든 답사의 원고가 아닌가. 그 이외에는 아무것도 들어 있지 않았다. 자신의 아이들에게 보낸 마지막 편지가 그 원고라니 대체 무슨 뜻일까?

어떤 메시지를 담은 걸까?

이것만은 네게 물어볼 수밖에 없다. 네가 대답해주지 않으면 나는 언제까지고 이 의문을 품은 채 살아갈 것이다. 너에게도, 나 자신에게도.

오늘 우리는 졸업을 맞이합니다.

중학생 시절은 우리에게 아마 평생 잊을 수 없는,

둘도 없는 추억이 될 것입니다.

장래의 꿈이 뭐냐고, 목표가 뭐냐고 묻는다면 저 역시 아직 아무것도 떠오르지 않습니다.

그렇지만 이대로도 좋다고 생각합니다.

우리의 미래에는 무한한 가능성이 있고,

수없이 많은 인생의 선택지가 있을 거라고 생각합니다.

여기에 있는 졸업생 한 명 한 명은 지금까지처럼, 그리고 앞으로

그 누구와도 다른 인생을 걸어갈 겁니다.

꿈을 이루는 사람도 있을 겁니다. 꿈을 이루지 못하는 사람도 있을 겁니다.

괴로울 때, 살아가기 힘들 때

우리는 몇 번이나 이 장소를 떠올릴 겁니다.

자신의 꿈이나 가능성이 아직 무한하다고 생각했던 이 장소를.

서로가 동등한 위치에서 귀하게 빛나던 이 장소를.

졸업생 대표 도노 미사키

라 스 트 레 터

1판 1쇄 발행	2020년 7월 23일
1판 2쇄 발행	2020년 8월 4일

지은이	이와이 슌지
옮긴이	문승준

발행인	정욱
편집인	황민호
본부장	박정훈
책임편집	강경양
마케팅	조안나 이유진
국제판권	이주은 김준혜
제작	심상운

발행처	대원씨아이㈜
주소	서울특별시 용산구 한강대로15길 9-12
전화	(02)2071-2094
팩스	(02)749-2105
등록	제3-563호
등록일자	1992년 5월 11일

ISBN	979-11-362-3921-1 03830